목요일의

작가들

목요일의 작가들

1판 1쇄 펴냄 2023년 2월 10일
1판 3쇄 펴냄 2024년 5월 17일

지은이 윤성희

주간 김현숙 | **편집** 김주희, 이나연
디자인 이현정, 전미혜
영업 백국현(제작), 문윤기 | **관리** 오유나

펴낸곳 궁리출판 | **펴낸이** 이갑수

등록 1999년 3월 29일 제300-2004-162호
주소 10881 경기도 파주시 회동길 325-12
전화 031-955-9818 | **팩스** 031-955-9848
홈페이지 www.kungree.com
전자우편 kungree@kungree.com
페이스북 /kungreepress | **트위터** @kungreepress
인스타그램 /kungree_press

ⓒ 윤성희, 2023.

ISBN 978-89-5820-818-1   03810

목요일의 작가들

세상에 없는
글쓰기 수업

윤성희 지음

궁리
KungRee

작가들과 함께 길을 잃은 시간

2013년 3월, 마당을 품은 이층 주택에서 아름다운 아이들을 만났다. 삐걱거리는 나무 계단을 밟고 오른 이층의 작은 방에는 아홉 명의 아이들이 앉아 있었다. 그들의 눈에는 호기심과 두려움이 담겨 있었다. 그리고 경계의 눈빛도 보였다. 글쓰기는 서로를 향해 마음을 활짝 열 때 가능한 작업인데, 자신의 마음을 들키지 않으려고 자물쇠를 걸어 잠근 아이들을 보면서 열쇠를 찾는 일이 쉬운 일이 아닐 거라고 생각했다. 그럼에도 불구하고 나는 내가 할 수 있는 일을 했다. 아이들과 함께 글을 쓰고 책을 읽고 이야기를 나누는 일. 아이들과 함께한 모든 것은 그들의 자물쇠를 여는 열쇠가 되었다.

아이들과 글쓰기 수업을 하면서 내게 가장 많이 찾아온 감정은 '놀라움'이었다. 어떻게 해서든 한 편의 글을 완성해내는 아이들의 집요함에 놀랐고, 생각지도 못했던 참신한 아이디어로 글을 쓰는 능력에 놀랐고, 날이 갈수록 완성도 있는 글을 향해가는 그 깊이에 놀랐다. 이런 놀라움이 경이로움으로 이어진 것은 아이들이 '외딴방'에서 나왔다는 사실이었다. 홀로 구석진 방에 틀어박혀 앉아 우울 속에서 살던 이들이 글을 쓰면서 서로의 감정을 나누고, 자신을 드러내 보이기 시작했다는 것이 정말 경이로웠다. 글이라는 매개체가 메마르고 갈라진 아이들의 가슴속에 단비가 되었구나 생각하니 고맙고 또 고마웠다.

지난 10년 동안 여러 기관에서 청소년들과 글쓰기 수업을 했다. 어떤 아이들은 화요일에 만났고, 어떤 아이들은 수요일에, 또 어떤 아이들은 목요일에 만났다. 그러나 어느 요일에 만났든 이 모든 아이가 내게는 목요일의 작가들이었다. 작은 나무가 비와 바람과 해를 맞고 자라듯, 내가 만난 모든 아이가 글을 쓰면서 고민하고 번뇌하면서 자랐기 때문이다. 한 해 한 해 나무가 나이테를 만들듯, 우리도 한 편 한 편 글을 쓰며 우리만의 글테를 만들어갔다.

그동안 많은 아이들과 다양한 글쓰기를 하면서 이들의

마음 안에 자라고 있는 창작에 대한 열망을 느꼈다. 수업시간에 매번 불성실했던 아이가 다른 학교로 가서 '선생님과 함께했던 글쓰기 수업이 그립다'는 이야기를 전해왔을 때, 특성화고등학교로 진학한 아이가 대학에 입학해서 '선생님 덕분에 합격했습니다'라고 인사를 건넸을 때, 자신의 삶은 도착할 좌표를 갖지 못했다며 우울에 빠져 있던 아이가 '이야기꾼이 되기로 결심했습니다'라는 글을 썼을 때, 나는 전율했다. 그리고 생각했다. 교사란 아이들을 위해서 무언가를 하는 사람이 아니라, 그저 아이들과 함께 걸어가는 사람이라는 것을. 앞으로도 나는 가르치는 사람이 아니라 아이들과 같은 방향으로 함께 걸어가는 사람이 되고 싶다. 앞장서서 방향을 지시하는 사람이 아니라, 아이들이 선택한 길로 함께 들어가는 사람이 되고 싶고, 그러다 막다른 길 앞에 서면 "이 길이 아닌가 봐~" 하며 웃으면서 함께 되돌아 나오고 싶다. 그 길을 나오면서 우리가 걸었던 길에서 봤던 것들에 대해 이야기를 나누고, 그 순간을 함께 기억하는 사람이 되고 싶다.

여기에 실린 모든 글은 아무것도 가르치지 않은 선생이 아이들과 함께 길을 잃었던 순간을 기록한 것이다. 함께 글을 쓰며 마음을 나눠준 목요일의 작가들이 있었기에 세상에 나올 수 있었다. 긴 시간 동안 함께 글을 쓰고 졸업한 후에도 반갑게 소식을 전해주고 지난날에 썼던 글을 책에 실을 수 있도록 기꺼이 허락해준 작가들에게 깊이 감사의 인사를 전한다. 그리고 언젠가 그들이 내게 돌리겠다고 약속한 모든 영광을 내가 먼저, 이 자리를 빌려 그들에게 돌린다.

"이 모든 영광을 목요일의 작가들에게 돌립니다."

2023년 2월

윤성희

차례

1

어쩌다 글쓰기 선생이 되었다

첫날부터
학생을 울렸다

드디어 이층집에 도착했다. 남들 눈에는 〈응답하라 1988〉
에 나오는 '정환이네 집' 같은 오래된 이층집일 뿐이겠지만
내게는 특별한 공간이 될 집이었다. 내가 이 집 앞에 서게
된 것은 후배의 부탁 때문이었다. 청소년기를 함께 보내고
20대 때 청소년을 위해 함께 봉사하던 후배가 자신이 다니
고 있는 대안교육기관에 글쓰기 선생님이 필요하다고 연락
을 해왔다.

　나는 잠시 고민했다. 글쓰기라면 거의 모든 종류에 도
전한 '잡가(잡다한 글을 쓰는 사람)'였지만, 쓰는 것과 가르치
는 것은 다른 일임을 아는 까닭이었다. 게다가 나는 국가에
서 인정하는 교원 자격증이 없었다. 아무리 생각해봐도 나

는 아이들을 가르칠 깜냥이 아니었다. 그래서 정중하게 거절했다. 그러나 후배의 생각은 달랐다. 선배 정도면 충분하다고, 그동안 글을 쓰며 쌓아온 경험들을 나누어주면 된다며 나를 설득했다. 그 말을 들었을 때, 마음에 작은 파도가 일었다. 그런 일이라면 해볼 수 있지 않을까? '잡가'로 살아온 시간이 있으니 아이들과 다양한 글에 대해 이야기를 나눌 수 있지 않을까? 갑자기 들어찬 자신감이 모든 걱정을 밀어냈다. 나는 과감하게 '오케이!'를 외쳤고, 그 덕분에 이층집 앞에 서게 되었다.

이층집 정문 앞에 섰을 때 가장 먼저 눈에 들어온 것은 커다란 단풍나무를 품은 마당이었다. 마당 오른쪽에는 도서관으로 사용하고 있는 작은 나무집이 있었고, 마당가에 있는 화단 끝에는 길고양이를 위한 작은 집과 사료가 놓인 그릇이 있었다. 그 옆에 집으로 들어가는 계단이 있었다. 계단 다섯 개를 밟고 올라 현관문을 여니 이층으로 올라가는 나무 계단과 거실이 한눈에 들어왔다. 그리고 시선이 닿는 모든 곳에 아이들이 있었다. 거실 바닥에도, 교무실로 사용하는 작은 방에도, 'B612방', '여우방', '소행성방' 등의 이름이 붙은 교실에도, 이층으로 올라가는 나무 계단에도.

내가 처음 그들을 만난 것은 '장미방'이었다. 나무 계단을 밟고 이층으로 올라가 오른쪽으로 꺾으면 있는 아주 작은 방이었다. 그곳에 아홉 명의 아이들이 작은 일인용 책상 앞에 앉아 있었다. 어떤 아이는 대안초등학교를 졸업하고 바로 이곳에 왔고, 어떤 아이는 일반 초등학교를 졸업하고 중학교 과정을 대안교육기관으로 선택하기도 했다. 또 다른 아이는 일반 중학교에 다니다 방향을 틀어 이곳을 선택하기도 했다. 다양한 사연을 가진 아이들이 '글쓰기C반'이라는 이름표 아래 장미방에 모여 있었다.

첫날이니 함께하는 아이들에 대해서 알아야 했다. 좋아하는 것이 무엇인지, 어떤 것에 관심이 있는지, 어떤 삶을 살아왔는지, 어떤 사연을 가지고 있는지. 그러나 이런 것들을 대놓고 물어볼 수는 없었다. 청소년이 어떤 존재인가? 자신에 관한 모든 것을 '아동청소년 개인정보보호법'에 저촉된다며 함구하는 존재 아닌가. 그러니 섣불리 물어봤다 아무것도 얻지 못할 확률이 높았다. 방법을 강구하던 나는 길잡이 교사에게 부탁해 학교에 있는 책 몇 권을 준비했다. '단어 찾기 게임'을 할 생각이었기 때문이다.

나는 아이들에게 책을 나눠주며 제일 마음에 드는 것을 한 권씩 고르라고 했다. 잡지를 필두로 에세이와 독특한 표지를 가진 소설이 아이들 자리로 건너갔다. 그러나 한 아이가 책을 고르지 않고 가만히 앉아 있었다. 다른 아이들은 책을 들추고 살펴보고 마음에 드는 것을 골라 가는데 그 아이만 혼자 가만히 있는 게 아닌가! 마음에 드는 책이 없어서 그러는 줄 알고 다른 책을 가져다줘야 하나 고민할 때, 그 아이가 남겨진 마지막 책을 자신의 책상 위에 놓았다. 나는 아이들에게 선택한 책을 펼쳐서 '나'를 소개할 수 있는 단어를 세 개 이상 고르라고 말했다. 자신의 별명이든 좋아하는 것이든 갖고 싶은 것이든 무엇이라도 좋다고. 아이들은 재빠르게 책장을 넘기며 선택한 단어를 노트에 옮겨 적었다. 그러나 그때도 가만히 있는 아이가 있었다. 책을 고르지 않았던 그 아이였다. 옆으로 가서 찾는 걸 도와줘야 하나? 그냥 놔둬야 하나? 이럴 때는 어떻게 해야 하는지 판단을 할 수가 없었다. 가서 도와주면 왠지 싫어할 것 같고, 그렇다고 그냥 놔두면 너무 관심을 가지지 않는다고 할 것 같아 혼란스러웠다. 그러는 사이 다른 아이들은 작업을 다 마치고 나를 바라보고 있었다. 나는 아이에게 고정했던 시선을 거두고 출석부를 펼쳤다. 그리고 출석부에 있는 이름 순서대로 발표해달라고 부탁했다. 얼굴과 이름을 제대로 외우기 위한 방법이었다. 아이들은 순서대로 자신이 선택한 단어와 이유를 말해주었다. 그런데 자신의 순서가 됐음에도 불구하고 한 아이가 입을 꾹 닫고 있었다. 책 고르기도, 단어 고르기도 머뭇거렸던 아이였다. 단어를 고르지 못한 것인지, 말하기 싫은 것인지 알 수가 없었다. 그래서 나는 얼굴에 한껏 미소를 짓고 최대한 온화한 말투로 물었다.

"아직 고르지 못했어? 아님 발표하기 싫으니?"

아이는 아무 말도 하지 않았다. 옆자리에 있던 친구가 다시 물었지만 대답이 없었다. 이럴 때는 어떻게 해야 할까? 이런 경우가 처음이라 당황스러웠다. 그러나 당황한 기색을 들키기는 싫었다. 어리숙한 선생으로 보이고 싶지 않았기 때문이다. 나는 이런 일에 익숙하다는 듯 "말하기 싫으면 하지 않아도 좋아. 괜찮아!"라고 했다. 그런데, 그런데, 그런데… 아이가 갑자기 울기 시작했다.

순식간에 일어난 일이었다. 나는 당황했고, 이 일을 어떻게 처리해야 할지 몰랐다. 그냥 모른 척하는 것이 상책일까? 아니면 왜 우는지 물어봐야 할까? 이러지도 저러지도 못하고 있는데, 옆자리에 앉은 친구가 그의 등을 토닥여주기 시작했다. 그러면서 아이에게 뭐라고 속삭였다. 나는 모른 척하기 스킬을 사용하기로 하고 아무 일 없었다는 듯 수업을 이어갔다. 온 우주에 존재하는 침착함의 기운을 불러모아 아무렇지 않은 척한 것이다. 그러나 아이들은 모두 알아차렸을 것이다. 내 동공에 얼마나 큰 지진이 일어났는지.

수업이 끝나고 교무실로 달려가 길잡이 선생님에게 물었다. 수업시간에 이런 일이 있었는데 혹시 내가 무슨 실수를 한 것이냐고. 내 수업 방식이 아이의 아킬레스건을 건드린 것인지 걱정되었다. 길잡이 선생님은 염려 말라며, 그 아이가 선택이나 결정을 하는 걸 어려워한다고 알려주었다. 그러니까 책도 못 고르고 단어도 못 찾은 그 아이는 스스로 무언가를 선택하고 결정하는 게 힘들었던 것이다. 나는 깜짝 놀랐다. 그런 걸 어려워하는 사람이 있다는 걸 단 한 번도 생각해보지 않았기 때문이다. 길잡이 선생님은 잔뜩 기죽어 있는 나를 애써 위로하려 노력했다. 그래도 지금은 학교에 처음 왔을 때보다 많이 나아졌다며 내 잘못이 아니라고 했다. 그러나 한번 쪼그라든 마음은 완전하게 펴지지 않았다. 단 한 번도 생각해보지 않은 상황을 만났을 때 제대로 대처하지 못한 내 자신이 원망스러웠다. 아이들을 만나다 보면 이런 일이 또 있을 텐데 과연 내가 잘할 수 있을까? 마음에 접힌 주름을 타고 두려움과 걱정과 공포가 파도처럼 밀려왔다.

나는 깊은 고민에 빠졌다. 어떻게 해야 다양한 아이들

을 이해할 수 있을까. 어떻게 하면 자신의 이야기를 제대로 표현하는 글을 쓰게 할 수 있을까. 아무리 고민해봐도 답은 하나였다. 아이들에 대해 공부하는 것. 이 진리를 깨달은 후 나는 청소년 관련 자료들을 찾아 공부했다. 청소년과 관련된 기사가 나오면 어김없이 읽었고, 청소년의 심리에 대해 풀어 쓴 책들을 읽었으며(특히『청소년 사전』(조재연, 마음의숲, 2012)이 그들의 마음을 이해하는 데 큰 도움을 주었다), 청소년이 읽는 소설과 보는 영화를 놓치지 않고 살폈다. 모든 자료가 한결같이 외치고 있는 것은 "나도 사랑받고 싶어", "나도 인정받고 싶어"였다. 아싸! 나는 쾌재를 불렀다. 왜냐면 내 전공이 '사랑'과 '인정'이기 때문이다. 나는 신이 내린 '사랑꾼'이(라고 불리)며, 자타가 공인하는 '인정쟁이'이다. 그러니 나를 들여다보면 아이들과 소통할 방법도 찾을 수 있으리라 생각했다. 나는 중고등학생 때 쓴 일기장과 그때 받은 편지들을 펼쳐 읽었다. 내게 어떤 일이 있었는지, 그럴 때 어떤 기분이었는지를 상기하기 위해서.

물론 청소년에 대해 공부한다고 어른인 내가 하루아침에 청소년이 될 수는 없었다. 그래도 학생을 울렸던 수업 첫날보다는 더 열린 마음으로 아이들을 바라보려고 노력했고, 아이들이 가진 다양한 색을 알아보려고 애썼다. 이 마

음이 아이들에게도 보였는지 아이들도 조금씩 곁을 내주기
시작했다. 쉬는 시간에 옆에 앉아 자신들의 이야기를 조잘
거리고, 자기가 쓴 글이 있다며 와서 보여주기도 했다. 그리
고 자신의 마음을 쪽지에 적어 전해주기도 했다.

　1학기 수업을 마치던 날, 한 아이가 내게 작은 쪽지를
건넸다. 첫 시간에 눈물을 흘려 내가 동공 대지진 참사를 겪
게 만들었던 그 아이였다.

　2학기 때도 선생님이 글쓰기 수업을 한다면 꼭 듣고 싶어요.

　아이가 건넨 쪽지를 읽는 순간, 알 수 없는 감정이 북받
쳤다. 고맙기도 하고, 미안하기도 하고, 자랑스럽기도 하고,
행복하기도 한 여러 감정이 한꺼번에 올라왔다. 나는 아이
를 향해 엄지손가락을 추켜세우며, '따봉'을 날렸다. 아이는
멋쩍다는 듯 씨익 웃었다. 뒤돌아서 친구들 무리 속으로 들
어가는 아이를 보며 생각했다. 어쩌면 이 알 수 없는 감정은
'기쁨'일 거라고. 이 순간 때문에 아주 오래오래 아이들 곁
에 머물게 될 거라고.

　　　　　　　　　목요일의 작가들

판을
깔아줄게

대안교육기관의 장점 중 하나는 아이들이 원하는 수업을 개설할 수 있다는 것이다. 학교에서 필수 과목으로 넣는 것도 있지만, 아이들이 배우고 싶다고 요청해서 개설되는 수업도 있다. 그런데 문제는 자기가 어떤 수업을 원하는지 모르는 아이들이 있다는 것이다. 그래서 학교에서는 워크숍을 준비한다. 워크숍의 유무나 진행 방식 등은 학교마다 다르지만, 대개 2주 정도의 시간을 가진다. 이 시간 동안 아이들은 서로의 관심사를 교환하기도 하고, 새로운 문화 현상에 적응하기 위해 알아야 할 정보들을 찾고, 자신이 원하는 삶의 방향을 진지하게 고민해 도움이 될 만한 것들을 찾아낸다. 이때 '맛보기 수업'은 아이들의 욕구를 찾을 수 있는 좋은 방법이 된다.

맛보기 수업은 한마디로 체험 수업이다. 이 수업을 통해 학교는 아이들에게 이 수업이 필요한지 필요하지 않은지를 판단하고, 아이들은 이 수업을 들을지 말지를 결정한다. 맛보기 수업을 한 뒤 수업에 관심을 가지는 아이들이 생기면 삼삼오오 모여서 계획서를 쓴다. 그리고 강사에게 수업을 요청하고 강사가 이를 받아들이면 수업이 개설된다.

내가 이 수업에서 가장 중요하게 생각하는 것은 '재미'다. 글을 쓰는 것이 어렵지 않다는 걸 알리는 것도 중요하지만, 무엇보다 글을 쓰는 게 재미있다는 것을 알려주는 게 가장 큰 목표다. 재미있으면 하지 말라고 뜯어말려도 하는 게 인간이다. 나는 아이들이 자기가 하고 싶은 이야기를 재미있게 쓰기를 바라며 다양한 놀이도구를 활용해 수업을 진행한다.

맛보기 수업이 시작되면 가장 먼저 내 소개를 한다. 이름과 함께 그동안 글 쓰는 일을 해왔다고 간략하게 말한다. 그리고 아이들에게 묻는다. 여러분이 생각하는 글의 종류에는 어떤 것들이 있느냐고. 시, 소설, 에세이, 설명문, 기행문, 일기, 편지, 기사, 광고 카피, 노래 가사 등 아이들이 생각하는 모든 글의 종류가 쏟아져 나온다. 나는 그것들을 하나하나 칠판에 적는다. 그리고 다시 아이들에게 묻는다. 이 중에서 써본 글은 어떤 것이냐고. 나는 다른 색 마커를 들고 아이들이 말하는 단어에 동그라미를 친다. 어떤 때는 꽤 많은 단어에 동그라미가 쳐지고, 어떤 때는 몇 개에만 동그라미가 그려진다. 아이들이 다 말하고 나면, 나는 또 다른 색 마커로 동그라미를 그린다. 이번엔 거의 모든 단어에 동그라미가 그려진다. 내가 써본 종류의 글을 표시한 것이다.

이때 나를 대하는 이들의 눈빛이 달라진다. 글에 관한 경험치가 '만렙'인 사람을 바라보는 눈빛이랄까? 나는 이 기회를 놓치지 않고 말한다. 이제 여러분도 여기에 적힌 모든 글을 쓰게 될 거라고. 그만큼 여러분의 경험치가 아주 많이 상승할 거라고 말이다.

내가 아이들에게 해줄 수 있는 것은 이런 것이다. 다양한 글로 자신의 생각을 표현하게 하는 것. 그것이 시든 소설이든 카피든 가사든, 그 안에 자신의 생각을 담을 수 있도록 안내하는 것. 내가 이들과 쓰는 글은 대학에 합격하기 위한 논술도 아니고, 등단하기 위한 작품도 아니다. 그저 마음을 꽁꽁 숨기고 있지만 누군가에게 자신의 마음을 들키고 싶은 열망을 가진 아이들이 자신의 이야기를 할 수 있게 판을 깔아주는 것이다. 조금은 독특하게, 조금은 재미있게.

글의 종류를 파악하고 나면 나는 아이들에게 글이란 무엇인가를 묻는다. 글은 자신이 하고자 하는 말을 문자로 전달하는 것이자 소통을 위한 수단이라고 말하면 아이들은 '그런가?' 하는 표정을 짓는다. '소통을 위한 수단'이라는 말 속에 모르는 단어는 없지만, 그게 이미지로 떠오르지 않기 때문이다. 그래서 나는 이걸 이미지로 보여주기 위한 작업을 한다.

먼저 준비해 간 작은 레고 블록들을 아이들에게 나눠준다. 이 블록들은 짝도 맞지 많고 여기저기 서랍 속에 굴러다니던 것들이다. 이 조각을 열두 개씩 봉투에 담아 아이들에게 나눠준다. 아이들이 받은 조각 중에 같은 것이 있을 수는 있지만, 열두 개가 모두 같지는 않다. 나는 아이들에게 이 레고 블록을 이용해 마음대로 무언가를 만들라고 말한다. 열두 개의 조각으로 만들 수 있는 아무거나. 마음이 가는 대로 혹은 손이 가는 대로 그냥 이 조각들로 뭔가를 완성하면 된다. 아이들은 '글쓰기 시간에 웬 블록 만들기?'라고 생각하지만 곧 흥미로워하며 착착 만든다. 나는 조금 기다렸다가 아이들이 완성한 작품을 보여주면 종이를 나눠준다. 그리고 종이에 자신이 만든 작품을 만드는 순서를 써달라고 청한다. 마치 사용설명서를 쓰듯이, 이 역시 마음대로 쓰면 된다고.

설명서까지 완성되면 나는 아이들이 만든 레고를 한 작품씩 촬영한 뒤 아이들에게 레고를 분해해서 다시 봉투에 담아달라고 한다. 아이들은 기껏 만든 레고를 부숴야 한다는 절망감에 휩싸이지만, 분해한 레고와 설명서를 다른 친구에게 전달하라는 내 말을 듣고 빵 터진다. 이게 무슨 의미인지 깨닫게 되기 때문이다. 그렇다. 이제 우리는 친구가 써준 설명서만 보고 그 친구가 만든 레고 작품을 재현할 것이다. 그런데 전달할 때 주의할 점이 있다. 내 자리와 가장 멀리 떨어져 있는 친구에게 건네야 한다. 가까이에 앉은 친구의 경우 내가 만든 모양을 봤을 수도 있기 때문이다.

조각을 건네받은 아이들은 친구가 친절하게 작성한 설명서를 펼치고 작품을 만들기 시작한다. 처음에는 꽤 진지하던 아이들이 시간이 지나면 한숨을 쉬고, 때로는 친구를 구박하기도 한다. 도대체 이게 무슨 말이냐고 성질을 부리면서. 어느 정도 시간이 지나면 도저히 이런 설명서로는 완성할 수 없다며 포기자가 속출한다. 어떤 아이들은 설명서 읽기를 포기한 채 새로운 작품을 만들기도 한다. 친구의 설명서를 보고 그대로 만드는 건 열 명 중 한 명이 나올까 말까 한 확률이다.

이처럼 처참한 결과 앞에서 아이들은 깨닫는다. 내가 표현한 것을 다른 사람이 얼마나 이해하지 못하는지, 내 글이 얼마나 엉망진창인지. 그러나 아이들은 낙담하지 않는다. 나만 그런 게 아니기 때문이다. 내 옆에 있는 애도, 저기 있는 재도 다 나와 똑같다는 걸 위안 삼는다. 이게 중요하다. 나만 글을 못 쓰는 게 아니라는 것, 나와 같은 사람이 이렇게 많다는 걸 깨닫는 것. 이 수업을 통해서 아이들은 나만 못하는 게 아니라는 공감대를 형성하고, '글은 소통을 위한 수단'이라는 말을 이미지화한다. 글을 제대로 써야 내가 말하고자 하는 것이 제대로 전달된다는 사실을 깨닫는 것이다.

블록 만들기가 끝나면 이제 '딕싯(Dixit)'이라는 보드 게임 카드로 마음을 표현하는 시간을 가진다. 청소년은 독특한 존재다. 자신의 마음을 대놓고 드러내고 싶어 하지는 않지만, 누군가에게는 들키고 싶어 한다. 단 한 사람이라도 자신의 마음을 알아차려주기를 바라는 것이다. '딕싯 카드로 글쓰기'를 하면 이 사실이 드러난다.

'딕싯'은 '말하다'라는 라틴어에서 따온 말이지만, 카드에는 어떤 언어도 없이 독특한 그림만 있다. 그래서 한 장의 카드로 여러 가지 해석이 가능하다. 보는 이가 어떻게 해석하느냐에 따라 전혀 다른 의미가 된다. 나는 이 신비의 카드를 탁자 위에 늘어놓는다. 그리고 아이들에게 마음에 드는 카드를 두세 장 고르라고 말한다. 아이들은 카드를 찬찬히 살핀 후에 집어 간다. 물론 한눈에 반한 카드를 잽싸게 집어 가는 아이도 있다.

그렇게 얼추 정리되면 카드를 선택한 이유를 노트에 적게 하고, 어떤 카드를 골랐는지 왜 골랐는지를 묻는다. 이때 원하는 사람만 발표하고 말하기 싫은 사람은 '패스'를 이용할 수 있다고 알려준다. 아무리 블록 만들기로 공감대가 형성되었어도 개인적인 이야기는 하고 싶지 않은 아이가 있을 수 있기 때문이다. 나는 내 수업에 참여하는 아이들이 '존중받고 있다'고 느끼기를 원한다. 그래야 신뢰가 쌓이고 그래야 자신의 밑바닥에 있는 어두움을 꺼내놓아도 괜찮겠구나 하고 안심한다. 이 안심은 글을 쓰게 하는 힘이 된다.

먼저 발표를 원하는 아이부터 기회를 준다. 한 명이 끝나면 또 원하는 아이가 하고 또 원하는 아이가 이어받는다. 그러나 교실 안에는 발표를 할까 말까 고민하는 아이도 있다. 이런 눈치가 보이면 '초대 기법'을 사용한다. 지금 막 발표를 마친 아이에게 어떤 친구의 카드가 궁금한지 그 사람을 초대해달라고 부탁하는 것이다. 이렇게 친구가 자신을 초대하면 아이들은 대부분 응하지만, 어쩌다 한 번씩 절대로 말하지 않겠다고 버티는 아이도 있다. 그럼 나는 강요하지 않는다. 그냥 조용히 "선생님만 네 노트를 봐도 되겠니?"라고 묻는다. 이때 아이가 허락해주면 나는 노트에 적힌 글을 조용히 읽는다. 카드를 통해 아이가 말하고 있는 것을 알아차려주고 싶기 때문이다.

카드를 보고 아이들이 쓴 글을 보면 아이들의 모습이 보인다. 복잡하게 얽힌 미로에는 자신의 미래가 미로처럼 보이지 않는다고 고백하는 아이가 있고, 해가 쨍쨍한 날 우산을 펼쳐든 사람들의 모습 속에는 언제 비가 내릴지 몰라 두려워하는 아이가 있다. 의자에 앉아 신문을 펼쳐든 사람 사이로 떠다니는 글자 속에는 아무리 읽어도 책이 눈에 들어오지 않는 아이가 있고, 바다 위 작은 돛단배를 지켜보고 있는 여인 모습을 한 섬 속에는 자신을 감시하는 엄마를 느끼는 아이가 있다.

블록 만들기를 통해 소통의 중요성을 깨닫고, 딕싯 카드를 통해 자기의 마음을 살짝 표현한 아이들은 글쓰기에 대한 열망을 가진다. 물론 모든 아이가 열망을 가지는 것은 아니다. 글에 대한 작은 불씨를 품고 있던 아이들 가슴에 커다란 불이 확 피어오르는 것이다. 맛보기 수업에서 내가 할 수 있는 일은 여기까지다. 아이들을 이상한 글쓰기 세계로 초대하고, 판을 깔아준 후 마음속에 확 불을 지르는 일. 그러면 아이들은 알아서 글을 쓰겠다고 몰려온다. S처럼 말이다.

글쓰기 수업은 내 생각을 완전히 깨트렸다. 선생님께서는 레고 블록을 우리에게 나눠주시며 원하는 모양을 자유롭게 만들어보라고 하셨다. 글쓰기 시간에 웬 블록일까? 하는 의문을 품으며 모형을 완성했다. 블록 쌓기를 완성하니 선생님께서 종이를 한 장씩 나눠주셨다. 여기에 본인의 모형을 어떤 방법으로 만들었는지 설명글을 써보라고 하셨다. 만드는 건 아무 생각 없이 만들었는데, 남이 이 모형을 그대로 만들 수 있도록 글로 설명하려니 막막했다. 할 수 있는 한 최선을 다해 내 블록 모형의 설명서를 완성했다. 그리고 친구들과 각자 쓴 설명서를 교환하여 블록을 만들어보는 시간을 가졌는데, 아무도 그대로 만들지 못했다. 첫 시간에 큰 충격을 받았다. 매일 문자로 소통하는 우리인데도 글로 무언가를 설명하는 게 이렇게 어려운 일이구나 싶었다. 처음으로 글쓰기를 배우고 싶다는 생각이 들었다. 내 의사와 이야기를 상대에게 완벽하게 전달하고 싶은 욕구가 피어났다고나 할까?

이 글은 블록 만들기를 했던 S가 한 잡지에 기고한 글의 일부분이다. 아이는 수업을 통해서 글쓰기에 관심을 갖게 됐고, 그 매력에 빠져 꾸준히 글을 썼다. 그리고『나는 오늘 학교를 그만둡니다』(보리, 2020)의 공동 저자가 되었다. 이처럼 아이들은 판만 잘 깔아주면 알아서 글을 쓴다. 세상에는 아직 이런 판을 만나지 못한 청소년이 많을 뿐이다.

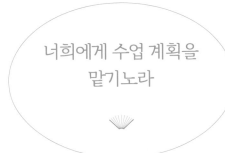

너희에게 수업 계획을
맡기노라

아이들에게 판을 깔아주는 것만큼 중요한 게 있다. 수업을
스스로 계획할 수 있는 주도권을 주는 것이다. 맛보기 수업
을 통해 글쓰기를 배우겠다고 마음먹은 아이들은 삼삼오오
모여서 글쓰기 시간에 어떤 글을 쓰고 싶은지, 무엇을 배우
고 싶은지 수업 계획서를 작성한다. 그리고 완성된 계획서
를 내게 보낸다. 고백하자면 아이들이 써 오는 계획서는 완
벽하지 않다. 아이들도 안다. 자신들이 쓴 계획서가 얼마나
두루뭉술한지. 그러나 그럴 수밖에 없음을 이해해야 한다.
아이들에게는 이런 경험이 처음이기 때문이다. 지금껏 누
군가가 정해준 커리큘럼대로 수업을 들었던 아이들이 원하
는 게 있다고 그걸 완벽하게 표현할 수는 없다. 그런 걸 잘

표현하고 싶어서 글쓰기 수업을 하겠다고 한 것이기도 하다. 그러니 나는 최선을 다해 아이들의 계획서를 이해하려고 노력하면 된다. 하지만 아무리 매의 눈으로 아이들의 욕구를 찾으려고 노력해도 도무지 이해할 수 없을 때가 있다. 그럴 때는 기다린다. 첫 수업이 시작되기를.

수업이 시작되면 모든 것은 원점으로 돌아간다. 수업 첫날에 모든 계획을 다시 세우는 것이다. (학교마다 수업을 진행하는 방식이 달라 맛보기 수업 없이 바로 시작되는 곳도 있다. 이럴 때 수업 계획서는 내가 제출하는데, 이 경우에도 수업이 시작되면 계획서는 무용지물이 된다.)

첫 수업은 '함께'라는 단어로 표현할 수 있다. 우리에게 계획서 따위는 없었다고 생각하고 처음부터 다시 함께 시작하기 때문이다. 각자가 준비했던 계획서는 참고자료일 뿐이다. 우리는 동그랗게 모여 앉아 쓰고 싶은 글에 대해 이야기를 나눈다. 계획서에 적혀 있는 것도 좋고, 갑자기 생각난 것도 좋다. 평소에 쓰고 싶었던 글의 종류를 말하거나 종류는 몰라도 글로 뭔가를 하고 싶은 게 있다면 편하게 이야기한다. 어떤 아이는 인턴십 때 제출할 '자기소개서'를 쓰고 싶어 하고, 어떤 아이는 노래를 만들 수 있는 '가사'를 쓰자고 한다. 또 어떤 아이는 책을 읽고 '감상문'을 쓰길 원하고,

어떤 아이는 '소설'을 쓰고 싶어 한다. 이처럼 아이들이 쓰고 싶은 글을 말하면 나는 칠판에 그것들을 적는다. 개수는 제한이 없다. 원하는 게 다 나올 때까지 적고 또 적는다. 그리고 간간이 나도 쓰고 싶은 글을 이야기한다. 뒤에 자세히 밝히겠지만, 나 또한 수업시간에 아이들과 똑같이 한 편씩 글을 쓴다. 그래서 내게도 원하는 걸 말할 수 있는 권리가 있다.

단어 글쓰기, 한 단어 글쓰기, 소리 글쓰기, 사물 글쓰기, 상황 글쓰기, 시대 글쓰기, 사진 보고 글쓰기, 그림 보고 글쓰기, 노래 듣고 글쓰기, 전시 보고 글쓰기, 무인도 글쓰기, 릴레이 글쓰기, 같은 문장으로 시작하는 글쓰기, 가사 쓰기, 가사 바꾸기, 사자성어 쓰기, 뒷이야기 쓰기, 빙의하여 쓰기, 감상문 쓰기, 기행문 쓰기, 자기소개서 쓰기, 가상 인터뷰 쓰기, 시 쓰기, SF 쓰기, 지구 멸망의 날에 관한 글쓰기, 브랜드 만들기, 광고 카피 쓰기, 시리즈물 쓰기, 유명한 캐릭터로 글쓰기…

아이들과 내가 원하는 글들을 칠판에 모두 적고 나면 처음부터 끝까지 한 번씩 읽으면서 번호를 매긴다. 그리고 하나하나 거수를 통해서 몇 명이 원하는지를 파악한다. 이 때 자기가 원하는 글이 나올 때마다 손을 들 수 있다. 손드는 횟수를 제한하면 꼭 쓰고 싶은 글을 포기해야 하는 아이가 생기기 때문이다. 만약 아무도 선택하지 않는 것이 있으면 내가 번쩍 손을 든다. 여기에는 두 가지 의미가 있다. 선택을 하나도 받지 못했을 때 그 의견을 낸 아이가 받을 상처를 덮기 위함도 있고, 때때로 어려운 것에 도전해보는 용기를 가지라고 말하기 위함도 있다.

한 번의 거수로 수업 내용이 확정되는 경우는 거의 없다. 수업 차시는 정해져 있고 아이들의 욕구는 다양하기 때문이다. 그리고 적은 수가 원했지만 이 글은 꼭 쓰고 싶다고 절규하는 아이들도 있으니 이 의견도 무시할 수 없다. 이런 경우 우리는 함께 해결한다. 칠판에 적힌 것 중에 비슷한 글끼리 묶기도 하고, 합치면 더 재미있을 것 같은 글들을 엮기도 한다. 앞서 말한 예시에서는 'SF 쓰기'와 '지구 멸망의 날에 관한 글쓰기'를 묶었다. SF를 쓰되 지구 멸망의 날에 벌어질 일에 대해서 쓰면 두 개의 욕구를 한 번에 충족할 수 있기 때문이다. 그런데 SF를 원하지만 지구 멸망은 싫다고 하는 아이가 있다면, 그냥 SF를 쓰면 된다. 그런 결정에 대해 누구도 뭐라 하지 않는다. 쓰고 싶은 글을 쓰는 것. 그게 글쓰기 수업이 추구하는 바이기 때문이다.

이렇게 묶고 저렇게 엮었는데도 수업 차시보다 원하는 글이 더 많으면 그땐 어쩔 수 없이 버려야 하는 것이 생긴다. 그러나 그 전에 마지막으로 친구들을 설득할 기회를 준다. 왜 이 글을 써야 하는지 친구들을 설득해서 그들이 오케이 하면 수업 계획서에 넣는다. 그러나 이렇게까지 했는데도 안 되면 '결투의 시간'을 가진다. 쓰고자 하는 글을 지키려는 아이들이 서로 가위바위보를 하는 것이다. "안 내면 진 거, 가위바위보!" 글을 사수하려는 아이들의 열정이 얼마나 뜨거운지 구호를 외치는 소리가 교실 밖으로 넘어간다. 그러다 승패가 갈리면 환호와 절망이 교실을 뒤흔든다. 처음에는 학교에 있는 다른 선생님들과 학생들이 놀라기도 했다. 조용할 것 같은 글쓰기 교실에서 함성이 쏟아지니 그럴 수밖에. 그러나 이제는 아무도 이런 소리에 놀라지 않는다. 모두 글쓰기 교실이 조용하다는 편견을 버린 지 오래다.

차시에 맞게 수업 내용이 정해지면 이제 어떤 글부터 쓸지 순서를 정한다. 대개 가벼운 글로 시작해서 묵직한 글로 마무리하는데, 외부 수업을 해야 할 때는 날짜도 고려한다. 너무 덥거나 추운 날 나가지 않도록 나름 조율하는 것이다. 이런 조율이 필요할 때는 내가 힌트를 주거나 제안을 한다. 아이들이 놓치고 있는 부분을 옆에서 슬쩍 말하는 것, 그것이 교사의 역할이니까.

물론 이런 계획이 아이들을 처음 만났던 날부터 착착 진행된 것은 아니었다. 글쓰기 수업을 시작했던 첫해에는 내가 모든 계획을 수립했다. 아이들에게 어울릴 만한 작업과 그 나이대 청소년이라면 알아야 할 문학적 지식들을 넣기도 했다. 그런데 해를 거듭할수록 아이들 안에는 내가 생각하는 것보다 큰 세상이 있다는 것을 느끼게 되었다. 내가 알고 있는 것이 전부가 아니라는 생각은 아이들의 의견을 듣는 방향으로 나아가게 했고, 결국 수업을 계획하는 것까지 아이들의 손에 맡기게 되었다.

수업을 계획하는 순간부터 아이들에게 주도권을 주면 아이들은 그 권력을 적극적으로 사용한다. 하고 싶은 것을 말하고, 말한 것을 스스로 실행하면서 기쁨을 누린다. 이게 뭐라고, 아이들은 이런 시간을 기꺼워한다. 그리고 정말 최선을 다해 글을 쓴다. 하고 싶은 걸 한다는 만족감, 자신이 수업을 계획했다는 자긍심이 이들을 쓰게 하는 것이다.

목요일의 작가들

필명을
가진다는 것

우리는 누구나 이름을 가지고 있다. 그런데 태어나면서부터 자기 이름을 스스로 짓는 사람은 없다. 태어나 보니 사람들이 이미 나를 어떤 이름으로 부르고 있었고, 대부분 그 이름으로 평생을 살아간다. 그러나 모든 사람이 자신의 이름을 좋아하는 것은 아니어서 법원에 개명 신청서를 제출해 이름을 바꾸기도 하고, 법으로 인정되지는 않지만 새로운 이름을 만들어 사용하기도 한다. 그리고 우리처럼 '필명'을 만들기도 한다.

　우리는 가끔 '필명 만들기' 시간을 가진다. 왜 매번이 아니라 가끔이냐면, 아이들이 원할 때만 필명을 만들기 때문이다. 수업을 하다 보면 자기 이름을 버리고 새로운 이름을 가지고 싶어 하는 아이들을 만날 때가 있다. 이들은 글 쓰는 시간만이라도 '세상이 규정하는 나'가 아닌 '다른 나'가 되고 싶다며 새로운 이름을 원한다. 그럼 우리는 글을 쓰기에 앞서 필명을 만든다. 10여 년의 인생을 살아온 인간 아무개가 아니라, 글을 발표할 작가가 되기 위해서.

필명을 만들 때면 교실 여기저기에서 끙끙 앓는 소리가 들린다. 새로운 이름을 짓는 게 쉽지 않기 때문이다. 아이들이 고군분투하며 한숨을 쉬면 나는 그동안 내가 사용했던 이름에 대해 말해준다. 조금이라도 도움이 될까 싶어서, 내 이야기가 아이들에게 어떤 힌트를 줄 수 있을 것 같아서.

20대 때 나의 필명은 디따이쁨이었다. '굉장히 아름답다'는 뜻을 가진 이 이름을 나는 나우누리나 하이텔, 유니텔에 접속해 글을 남길 때마다 닉네임으로 사용했다. (인터넷이 없던 시절 전화선을 연결해 PC통신을 하던 때가 있었다. 나우누리, 천리안, 하이텔, 유니텔이 대표적이며 각 PC통신사마다 다양한 동호회가 있었다.) 사람들은 얼마나 외모에 자신이 있으면 이런 이름을 사용하는지 무척 궁금해했다. 그래서 나는 오프라인 모임에 쉽게 나갈 수가 없었다. 그들의 기대를 한 번에 무너뜨리게 될까 봐 걱정되었기 때문이다.

그러나 이 이름은 외모에 관한 것이 아니라 회사를 그

만두고 작가가 되겠다고 결심했을 때 지은 이름이다. '따뜻한 글로 세상을 조금이라도 더 아름답게 만들어보자'는 의지를 담은. 나는 오프라인 모임에 나가서 "제가 디따이쁨입니다!"라고 말한 뒤 여기에 담긴 의미를 설명했다. 사람들은 따뜻한 글을 쓰는 작가가 되고자 하는 한 청춘에게 많은 응원을 보냈다. 그렇게 나는 '디따이쁨'으로 20년을 살았다.

그러다 두 번째 스물을 맞이한 마흔 즈음, 필명에 대한 고민이 생겼다. 언제까지 '디따이쁨'으로 살 수 있을까. 그 안에 깊은 의미가 있다고 해도 드러나는 단어가 어른답지 못하다는 생각이 들었다. 예순이 되어서도 이 이름으로 살기는 그렇지 않을까. 후배들은 디따고움을 추천했지만, 나는 지금까지와는 전혀 다른 새로운 이름을 생각하며 많은 날을 보냈다.

그렇게 40대를 시작하면서 만든 필명이 글봄이었다. 글 쓰는 사람이니 '글'이라는 단어가 들어갔으면 했고, '봄'처럼 따뜻한 이미지였으면 싶었다. 두 단어를 조합하니 그럴 듯한 이름이 되었다. 나는 여기에 의미를 부여했다. '글로 보는 마음' 혹은 '글로 만드는 따뜻한 봄'.

내가 20대부터 지금까지 사용한 필명을 설명하고 나면, 아이들도 나름의 의미를 담아 필명을 짓는다. 자신이 지향하는 삶을 표현하는 아이도 있고, 평소에 동경하던 단어를 선택하는 아이도 있다. 때로는 자신의 이름을 지어달라고 부탁을 하는 아이도 있다. 그러면 우리는 또 머리를 맞대고 그 아이를 가장 잘 표현할 수 있는 단어를 고르고, 의미를 부여한다. 그러다 마음이 동하면 모두 하나씩 이름을 새로 지어주자고 단합하기도 한다. 그렇게 우리는 작명가가 된다. 수업을 하는 동안 나도 몇 개의 필명을 받았는데, 그중 가장 기억에 남는 이름은 윤글술사조와 이별클립이다.

윤글술사조가 된 경위는 이러하다. 내 필명을 지어주겠다고 나선 아이들이 내게 어울리는 단어를 하나씩 던졌다. 그러다 한 아이가 '연금술사'라는 단어를 말했고, 또 다른 아이가 그걸 받아 '연글술사'가 좋겠다고 했다. 그랬더니 또 다른 아이가 '윤글술사'를 추천했다. 아이들은 이구동성으로 '윤글술사'가 좋겠다고 했다. 그런데 가만히 들여다보니 '술사'가 '술을 사라'는 의미처럼 보였다. 아이들에게 "쌤이 언젠가 대박나면 성인이 된 너희에게 술을 사라는 의미 같은데?"라고 했더니, 아이들이 '(사)줘'라는 의미를 담아 '조'를 붙였다. 그리하여 나는 '윤글술사조'가 되었다. 아이들은 이 이름이 왠지 불사조 같은 느낌이 든다고 했다. 어떠한 상황에서도 글쓰기를 놓지 않는 불사조! 글로 마법을 부릴 것 같은 '연금술사'에서 그 어떤 어려움에도 글쓰기를 포기하지 않고 살아남는 '불사조'까지, 아이들은 '윤글술사조'에 멋진 의미를 부여했다.

그렇다면 이별클립은 어떻게 태어난 이름일까? 이 이름에는 사연이 있다. 아이들과 함께 '마음사전'을 만들 때였다. 말 그대로 '내 마음대로 만드는 사전'으로, 친구들이 부르는 단어를 듣고 내 마음대로 정의하면 된다(자세한 내용은 3장 '마음사전을 쓰라고요?'를 참고하시라). 아이들은 친구들이 부르는 단어를 받아 적고, 나름의 의미를 만들어냈다. 나는 아이들과 조금 다른 콘셉트의 사전을 만들고 싶어 연애에 관심이 많은 이들을 위한 '마음사전' 사랑 편을 만들었다. 그런데 '사랑'이 자꾸 '이별'이 되었다. 연애세포가 죽은 후 살아나지 못해서 그런 건지 모든 단어를 이별 앞에 데려다 놓았다. 그러자 아이들이 나를 '이별 전문가'라고 부르기 시작했다.

필명을 만드는 시간, 아이들이 내 필명에 '이별'이 들어가면 좋겠다고 했지만 '이별 전문가'는 뭔가 부족하다고 했다. 그러더니 내가 전에 썼던 글에서 '클립'이라는 단어를 찾아냈다. 내가 '단어 글쓰기'를 할 때 어딘가에 끼워놓는다는 의미를 담아 활용했는데 그걸 찾아낸 것이다. 아이들은

'어딘가에 매번 이별을 끼워놓는다'는 뜻으로 '이별클립'이라는 이름을 지어주었다. 그렇게 나는 '이별클립'이 되었다.

친구들의 필명을 지어주는 아이들을 보면서 나는 새로운 사실을 발견했다. 이들은 서로에게 관심 없는 척하지만, 사실은 서로를 향한 안테나를 길게 뽑아두고 있는 존재라는 것을. 그렇지 않고서야 한 사람 한 사람에게 어울리는 단어를 이토록 잘 찾아낼 수가 없다. 그리고 이들은 하나의 이름으로 설명할 수 없는 존재들이다. 태어날 때 받은 이름만으로는 자신을 충분히 설명할 수 없다. 자신이 원할 때면 언제든 새로 태어날 수 있고, 다른 모습으로 변신할 수 있다.

이름을 짓는다는 것은 새 삶을 산다는 의미다. 지금까지의 나는 잊고, 새로운 내가 되고 싶다는 열망과 지금보다 나은 모습으로 살아가고 싶다는 희망이 담긴 작업이다. 그래서 아이들은 자신의 필명도 그렇지만 친구의 필명을 지을 때도 허투루 짓지 않는다. 내가 짓는 이름으로 한 사람이 새로운 삶을 시작하기 때문이다. 이런 노력은 글을 쓸 때도 그대로 반영된다. 등장인물의 이름을 지을 때 그 캐릭터가 잘 드러나도록 고민하고 또 고민한다. 아이들에게는 글 속에 등장하는 모든 이가 또 다른 자신이자 친구다.

최근에 나는 필명 하나를 또 지었다. 언젠가 청소년들

을 위한 소설을 쓰게 된다면 발표하리라 마음먹고 지은 이름이다. '글봄'에 '별'을 더한 글봄별이다. '글로 별들을 바라보는 사람' 혹은 '글로 별들에게 봄을 선물하는 사람'이 되고 싶다는 의미다. 물론 별은 세상에 존재하는 모든 아이들이다. 나는 글로 아이들과 이야기를 나누고, 아이들이 자신의 이야기를 풀 수 있게 하고, 잘 쓴다고 잘 살고 있다고 격려하고 칭찬하는 사람이 되고 싶다. 그러면 아이들 역시 다른 친구들과 글로 이야기를 나누고, 그들의 이야기를 풀게 하고, 잘 쓰고 잘 살고 있다 격려하고 칭찬하는 사람이 되지 않을까? 조마데우스도, 민들민들도, 움블라도, 끼적도, 도비도, 단영도, 악당도 그런 사람이 되리라 믿으며 그들의 이름을 불러본다.

2
작가들의 집필시간

스토리를 만드는 힘

단어 글쓰기

예전에 글쓰기 공부를 할 때 스토리텔링 수업을 들은 적이 있다. 스토리를 어떻게 만들어야 하는지, 구성하는 법을 제대로 배우고 싶었기 때문이다. 그때 강의를 하던 선생님이 과제를 내주었다. '거북이, 나, 열쇠, 다리(Bridge)'라는 단어를 사용해 짧은 글을 써 오는 것이었다. 순서는 상관없이 글 한 편에 네 개의 단어가 다 들어가기만 하면 됐다. 이 단어를 듣자마자 어떤 이야기가 떠올랐다. 거북이와 내가 관계를 맺어가는 이야기였다. 집으로 돌아와 나는 자판을 빠르게 두드렸다. 내가 거북이와 만나 관계를 쌓고, 그를 통해 마음속에 있는 두려움을 떨쳐버리고 더 큰 세상으로 첫발을 내딛는다는 내용이었다. 그렇게 '첫발'이라는 제목의 글을 완성했다.

글을 쓰면서 참 신기했다. 단어 몇 개를 가지고 한 편의 글을 쓸 수 있다니! 이렇게 재미있는 놀이를 혼자만 할 수 없었다. 그래서 나는 아이들과도 이 작업을 해보기로 했다.

'단어 글쓰기'를 할 때는 내가 단어를 선정하지 않는다. 아이들에게 지금 떠오르는 단어 하나만 불러달라고 즉석에서 부탁한다. 그러면 아이들은 아무 단어나 말해준다. 아침 식탁에 올랐던 음식을 말하기도 하고, 요즘 가장 많이 생각하는 관심사에서 단어를 빼 오기도 한다. '사랑'이나 '희생' 같은 이미지가 추상적인 단어부터 '연필', '컵', '집게' 같은 구체적인 단어까지, 아이들의 수만큼 칠판에 적힌다. 그리고 내가 마지막으로 단어를 적는다. 아이들이 말한 단어들과 전혀 상관없는, 정말 생뚱맞은 것을.

내가 칠판에 '원자력발전소', '오스트랄로피테쿠스', '빈센트 반 고흐', '주기율표'와 같은 단어를 적으면 아이들은 경악한다. 사랑, 희생, 연필, 컵, 집게에 그 단어들을 엮어야 하기 때문이다. 내가 이들의 경악에도 불구하고 이들의 단어와 전혀 상관없는 단어를 적는 이유는 이야기가 풍성해지기를 바라기 때문이다. 단어와 단어 사이에 괴리가 있을수록 재미있는 글이 만들어진다는 걸 오랜 경험을 통해서 깨달았다. 그래서 되도록 멀리 있는 단어들을 소환해 칠판에 적는다. 아이들은 그걸 보고 한숨을 쉬며 앓는 소리를 하지만 그것도 잠시뿐이다. 모두 각자의 노트북에 얼굴을 고정하고 보란 듯이 한 편의 글을 완성한다. 쓰다가 쓰다가 정말 단어를 녹일 수 없으면 가게 이름으로 활용하기도 한다. 그래서 '오스트랄로피테쿠스'는 문구점 이름이 되었다가 카페 이름이 되기도 한다. 단어를 그렇게 활용하는 것도 이들의 능력이다.

단어 글쓰기 수업은 여러 형태로 변형해서 진행할 수 있다. 즉석에서 아이들에게 받은 단어를 칠판에 적을 수도 있고, 쪽지를 나눠주어 친구들 몰래 쓰게 할 수도 있다. 모두가 보는 앞에서 단어를 공개하면 다음 아이들이 글을 쉽게 쓰려고 그 단어와 연관된 단어들을 부를 때가 있다. 이런 일을 방지하기 위해서 비밀리에 쓰게 하면 더 흥미로운 놀이가 된다. 몰래 쓴 쪽지는 접어서 상자에 담아 섞은 뒤 추첨하듯 하나씩 발표한다. 이게 뭐라고 이런 행동 하나하나를 아이들은 재미있어한다. 마치 함께 게임을 즐기는 기분이랄까? 비밀 작업을 통해 단어를 공개하면 더 다채로운 단어들이 나온다. 다른 사람이 말하는 단어와 상관없이 내가 쓰고 싶은 단어를 쪽지에 썼기 때문이다. 남들의 눈치를 보지 않고 단어를 쓰는 것, 이런 시간이 아이들에게 보다 더 큰 상상력을 펼칠 수 있게 한다.

단어 글쓰기를 할 때는 단어의 개수도 조율할 수 있다. 참여자가 한 개씩 말해 참여자 수만큼 단어를 놓고 쓸 수도 있고, 참여자가 적다면 두세 개씩 더 말할 수도 있다. 만약 참여자가 다섯 명이라면 두 개씩 단어를 말하게 해서 모두 열 개의 단어가 들어가는 글을 쓰게 하는 식이다.

또 다른 방법으로는 '단어 가져가기'가 있다. 단어 글쓰기를 처음 하는 아이들은 단어 개수가 많으면 부담스러워한다. 처음부터 여덟 개나 열 개의 단어로 하나의 글을 쓰는 게 쉽지 않기 때문이다. 이런 아이들을 위해서 만든 것이 단어 가져가기다. 먼저 한 사람이 세 개의 단어를 말하게 하고 그것을 칠판에 적는다. 참여자가 여덟 명이라면 칠판에는 스물 네 개의 단어가 적힐 것이다. 단어가 칠판에 다 적히면 이제 모든 참여자가 가위바위보를 한다. 그리고 이긴 사람부터 스물네 개의 단어 중에서 자신이 사용하고 싶은 단어를 세 개씩 고른다. 당연히 글을 쓸 때 가장 유리하다고 생각되는 쉬운 단어들을 먼저 골라간다. 그러다 보면 정말 이상하고 어려운 단어들만 남게 된다.

이렇게 어려운 단어를 받게 된 아이는 억울함을 토로하

며 너무 어려우니 바꿔달라고 사정한다. 이런 아이들을 위해 기회를 한 번 준다. 모두에게 자기가 받은 단어 중에서 마음에 들지 않는 단어가 있는지를 묻고, 그 단어를 내놓고 새로운 단어를 가져갈 기회를 주는 것이다. 사용하기 어렵거나 곤란한 단어를 가진 아이들은 칠판에 되돌려놓는다. 그렇게 모인 단어들을 놓고 다시 가위바위보를 한다. 이때는 단어를 내놓은 아이들만 참여한다. 그런데 어려운 단어를 내놓고 새 단어를 가져갔음에도 불구하고 끝까지 우는 소리를 하는 아이들이 있다. 도저히 글을 못 쓸 정도로 어려운 단어들만 있다고 앓는다. 그러면 이제 내가 자비를 베풀 차례다. 아이에게 내가 가진 단어 중에서 갖고 싶은 게 있는지 묻고 아이가 버리고 싶은 단어와 바꿔준다. 이 작업을 끝으로 모두가 세 개의 단어를 획득하게 되고, 단어 글쓰기가 시작된다.

아이들은 이 수업을 하면서 몇 개의 단어가 하나의 스토리가 되는 경험을 맛본다. 먼저 단어들을 놓고 대강의 스토리를 미리 구상한 후에 쓰는 아이도 있고, 마음에 드는 단어를 순차적으로 사용하면서 문장을 만들고 스토리를 이어나가는 아이도 있다. 미리 구상하든 즉흥적으로 만들든 아이들의 머릿속에서 새로운 이야기가 탄생한다. 그런데 여기서 재미있는 사실은 아이들이 단어를 조합해 만든 글 속에 현재 아이들의 모습이 담겨 있다는 사실이다. 물론 처음부터 끝까지 모든 이야기가 아이의 현재 모습일 수는 없지만, 문장 하나에서 혹은 전체적인 주제에서 그 아이를 느낄수 있다.

언젠가 목요일의 작가들과 열 개의 단어로 글을 쓴 적이있다. 나를 포함해 다섯 명이 단어를 두 개씩 말했는데, 그때 나온 단어는 이런 것들이었다.

두통, 멘탈, 텀블러, 충전기, 은하계, 별자리, 강아지, 클립, 오스트랄로피테쿠스, 택배기사

이 단어로 움블라는 〈은하계 별자리 택배〉라는 글을 썼다. '은하계 별자리' 택배회사에 근무하는 마야 씨가 마법과관련된 물건들을 은하계 사람들에게 배달하는 내용이다. 판타지 같은 이 글을 쓸 무렵 움블라는 마녀가 등장하는 마법 관련 소설을 읽고 있었다. 그래서 글 속에 마녀와 마법이녹아든 것이다.

안크안크는 열 개의 단어로 〈과학시간에 도움을 줄 수 있는 것〉이라는 글을 썼다. 과학시간에 발표할 '별자리'를

잘 볼 수 있는 방법을 알아보기 위해서 과학사전을 주문해 택배로 받았고, 은하계뿐 아니라 '오스트랄로피테쿠스'가 등장하는 인류문화사까지 읽었다는 내용이다. 개인 프로젝트를 하던 안크안크는 이 무렵 과제에 대한 압박을 받고 있었다.

전쟁에 관심이 많았던 제프리th는 지구가 멸망했다 다시 시작하고, 또 멸망했다 다시 시작하는 이야기를 〈N회차〉라는 제목으로 썼다. 그런가 하면 끼적은 열 개의 단어를 하나의 글 속에 녹이는 게 어렵다고 고백했다. 그런데도 1교시부터 6교시까지 모든 선생님이 일일교사로 채워진 〈일일 선생님의 날〉로 이 단어들을 모두 소화했다. 당시 학교라는 공간에 많은 관심을 갖고 있었던 덕분이었다.

이 수업을 할 무렵, 나는 강아지를 떠나보낸 어떤 이의 이야기를 들었다. 그래서 어린왕자가 살고 있는 곳으로 무지개다리가 걸린다는 내용을 쓰기로 했다. 나는 지구에서 사라진 어린왕자가 자신의 별인 B612로 돌아가 있다는 설정을 했고, 지구와 다른 행성에 물건을 배달해주는 택배기사가 있다는 내용으로 글을 썼다. 이 글에는 '콜드브루702'라는 우주선이 등장한다. 지구에 살고 있는 택배기사가 어린왕자가 있는 행성으로 올 때 타는 우주선이다. 이 우주선이 '콜드브루702'가 된 것은 그날이 7월 2일이었고, 아침에 내가 콜드브루 커피를 마셨기 때문이다. 글에 아이폰 충전기가 등장하는 이유도 내 휴대폰이 아이폰이기 때문이고, 『어린왕자』에 등장하는 많은 인물 중에 술주정뱅이가 등장한 것은 그 무렵 내가 알코올 홀릭에 관한 책을 읽고 있었기 때문이다.

이렇듯 우리 머릿속에는 최근에 수집한 정보들이 떠다닌다. 이 정보들이 새로운 단어를 만나 이야기를 만든다. 몇 개의 단어가 이야기를 만드는 것이 아니라, 내가 수집한 정보들이 단어를 만나 새로운 이야기를 만드는 것이다. 여러 사람이 똑같은 단어를 가지고 전혀 다른 이야기를 만드는 것은 사람마다 수집한 정보가 다르기 때문이다.

혹시 지금 곁에 있는 청소년들의 머릿속이 궁금한가? 그렇다면 함께 단어 글쓰기를 해보자. 아이들이 어떤 정보를 수집했는지, 그 정보가 어떻게 이야기가 되는지 엿볼 수 있을 것이다.

두통, 멘탈, 텀블러, 충전기, 은하계, 별자리,
강아지, 클립, 오스트랄로피테쿠스, 택배기사

무지개다리

지구에서 택배가 왔다. '콜드브루702'에서 내린 **택배기사**는 커다란
상자를 건네며 서명을 부탁했다. 나는 **은하계 B612**라는 주소지 옆
에 서명을 하며 발신자를 확인했다. 여우였다. 지구를 여행할 때 만
났던 친구, 길들인다는 것에 대해서 알려준 친구였다. 여우를 만난
뒤 나는 다시 내 별로 돌아와야겠다고 생각했다. 장미가 살고 있는
내 별로, 지구의 밤하늘에 반짝이고 있는 **별자리** 중 하나인 나의 별
B612로. 우주선이 없으니 사막의 바람신에게 부탁을 해야 했다. 나
를 다시 B612호로 데려다달라고. 사막의 바람신은 모래를 실은 바
람을 불러 나를 이곳에 도착할 수 있게 해주었다. 바람신에게 내가
B612로 돌아갔다는 소식을 전해들은 여우는 이렇게 가끔 택배를 보
내왔다.

    여우가 이번에 보낸 택배는 **텀블러**와 **충전기**였다. 내 모습이 그

려진 어린왕자 굿즈로 출시된 것들이었다. 텀블러는 벌써 열여덟 개째였다. 내 그림이 걸리는 전시회가 열릴 때나 출판사에서 새로운 버전의 책을 출판할 때, '어린왕자박물관'에서 관람객을 유치하기 위해 만들어내는 것들이었다. 그러나 어린왕자 굿즈로 충전기가 출시된 것은 처음이었다. 애플사에서 만든 아이폰용 충전기였다. 나는 충전기 위에 그려진 내 모습을 한참 동안 들여다봤다. 어느덧 해가 지고 있었다. 나는 해 지는 모습을 보려고 장미 옆에 의자를 놓고 앉았다. 장미는 지구에서 온 물건들이 마음에 드는지 물었다. 나는 장미에게 물었다.

"마음에 든다는 건 뭘까?"

장미가 대답했다.

"마음에 기쁨이 차오르는 거 아닐까?"

그렇다면 그건 마음에 들지 않았다. 내 모습이 그려진 텀블러나 충전기를 보고 있다고 해서 마음에 기쁨이 차오르지는 않았으니까. 나는 장미에게 말했다.

"마음에 들지 않는 것 같아. 마음에 기쁨이 차오르지 않았거든."

나는 해가 지는 모습을 다시 보기 위해 의자의 위치를 마흔네 번이나 바꾸었다. 오늘은 내 별에 노을이 마흔네 번 번졌다.

이상하게 지구에서 택배가 오면 늘 **두통**이 생겼다. 처음에는 택배상자에 묻어 오는 지구의 냄새 때문일 거라고 생각했다. 은하계에 있는 어떤 별에서도 느낄 수 없는 지구만의 그 독특한 냄새. 그러나 그게 아니라는 것을 깨닫는 데 그리 오랜 시간이 걸리지 않았다. 그 것은 지구의 냄새 때문이 아니라 그리움 때문이었다. 지구에 대한 그 리움.

참 이상했다. 장미 때문에 속상해서 별여행을 하다 지구에 도착 했을 때는 내 별이 너무 그리웠다. 그래서 하루라도 빨리 돌아가고 싶었는데, 이곳에 오니 다시 지구가 그리웠다. 이런 증상이 생길 때마 다 나는 여섯 번째 별에서 만난 학자를 찾아갔다. 그가 갖고 있는 지 도를 펼쳐놓고 지구를 함께 살펴보며 그리움을 덜었다.

학자는 나의 이런 병이 오스트랄로피테쿠스가 출현했던 시대부 터 있던 것이라고 말했다. 그들이 느끼는 통증은 내가 느끼는 것보 다 훨씬 더 심했을 것이라고. 오스트랄로피테쿠스는 지금 사람들이 나 외계인보다 머리가 훨씬 더 컸기 때문에 더 심한 두통을 느꼈다고 한다. 그러니 어떤 섬광 하나가 지나가는 것처럼 강렬하고 짧은 나의 통증은 별거 아니라고 그가 말했다. 학자는 내가 느끼는 통증은 가 슴이 느끼는 통증의 만 분의 일 정도로 축소되어 뇌에 전해지는 거라 며, 그리움은 원래 아픈 거라고 했다.

탐험에 대해서만 연구하는 학자가 이런 것을 어떻게 아는지 궁 금했다. 그는 탐험을 하려면 그곳에 대한 모든 것을 알아야 한다고 했다. 시대적인 배경과 그곳에 사는 사람들, 그들의 생활습관 등 모든 것을. 그는 아주 오래전부터 지구에 가고 싶어 공부를 했다고 했다. 지구는 학자가 날마다 꿈꾸는 그리움이었다. 그래서 학자도 날마다 두통을 앓았다. 그러나 그도 나도 알고 있었다. 우리는 시간의 광속을 건너 지구로 갈 수 없다는 것을.

"은하계에도 택배기사가 있다면, 나는 학자를 그만두고 택배기사를 했을 겁니다. 그들만이 시간의 광속을 건너는 법을 배울 수 있으니까요. 그들은 멘탈 수치가 어마어마하다고 하더군요. 멘탈을 측정하는 기계에 측정 불가 오류가 뜰 만큼. 우리 은하계에는 택배기사 자체가 없고, 있다고 해도 나는 이미 학자로 등록되어 지구에 갈 수 없어요. 당신이 은하계의 어린왕자로 등록되어버린 것처럼."

학자는 자신이 지구에 갈 수 없다는 사실을 안타까워했지만, 나 또한 그럴 수 없다는 사실에 위안을 얻는 것 같았다.

며칠 후, 술주정뱅이 별에 사는 술주정뱅이가 나를 찾아왔다. 그의 손에는 와인 한 병과 작은 바구니 하나가 들려 있었다. 와인은 '보졸레 누보'였다. 프랑스 보졸레 지방에서 11월 셋째 주 목요일에 출시한다는 와인이었다. 지구에서 생산된 와인을 마시며 그가 말했다.

"어제 지구에서 택배가 왔네. '지구를 포함한 은하계 술주정뱅이 모임'에서 알게 된 지구인이 보내주었지. 그런데 말이야. 그 친구에게 재미있는 이야기를 들었지 뭐야. 어린왕자 당신이 흥미를 보일 만한 얘기였지. 자네, '무지개다리'에 대해서 알고 있나? 1년에 한 번

우주에 펼쳐지는 다리 말일세. 지구와 다른 별을 이어준다는 그 다리……."

언젠가 여우가 보낸 편지에서 읽은 적이 있었다. 지구에서의 삶을 끝낸 반려동물들이 영혼의 세계로 건너갈 때 놓인다는 다리에 대해서. 여우는 반려동물의 영혼이 지구를 찾아갈 때도 그 다리를 건넌다고, 내게 그 다리를 건너면 자기를 보러 올 수 있을 거라고 알려주었다. 그러나 내게는 함께 건너갈 **강아지**도, 고양이도 없었다. 그 다리를 건너려면 반려동물이 있어야 했다. 살아 있는 생명체는 택배로 배송되지 않았기 때문에 나는 그 어떤 반려동물도 받을 수 없었다. 은하계에서 반려동물을 키울 수 없다는 것은 모두가 아는 사실이었다. 나는 술주정뱅이가 여기까지 와서 주정을 부린다고 생각했다. 그런데 그때 그가 바구니 안에서 강아지 한 마리를 꺼냈다.

"이제 곧 해가 지면 무지개다리가 걸린다는군. 이 친구가 알려줬어. 어때? 이 친구와 함께 지구에 다녀올 생각이 없나? 이 친구 이름은 **클립**이네."

클립! 나는 놀라지 않을 수 없었다. 술주정뱅이가 꺼낸 하얀색 푸들, 클립은 '은하계 혼돈의 날'에 지구에서 건너왔다는 강아지였다. 1년 전 은하계의 모든 별이 빛의 속도로 회전을 했던 이상한 날, 지구의 어떤 생명체가 별에 도착했음이 감지되었다는 소식으로 떠들썩했던 그날, 아마도 강아지일 거라는 추측이 난무했지만 실물을 본 누구도 없어, 그저 지구와 우주 사이에 끼워 넣었다는 의미로 '클립'이라는 이름으로 불리던 그 강아지를 술주정뱅이가 데리고 온 것이다.

술주정뱅이는 1년 전 그날, 자신의 별에 불시착한 클립을 데리고 있었다고 했다. 누구도 술을 마시고 주정을 하는 자신의 말을 믿지 않았기 때문에 클립이 자기 별에 있다는 사실을 몰랐다고 했다. 그는 내가 지구를 그리워하고 있다는 소식을 들었다며, 나를 위해 클립을 데리고 왔다고 했다. 술 마시는 게 부끄러워서 계속 술을 마시는 자신보다 지구에 어떤 그리움 하나를 두고 온 내가 지구에 다녀올 수 있다면 좋겠다고. 그럼 자기는 잠시 부끄러움을 잊고 나를 지구에 보냈다는 기쁨으로 축하주를 마실 수 있을 거라고 말이다. 내가 지구에 가든 가지 않든 술주정뱅이는 또 술을 마시겠지만, 나는 그가 부끄러움을 잊고 기쁜 마음으로 축하주를 마실 수 있기를 바랐다.

나는 술주정뱅이가 건네는 클립을 안았다. 그리고 가만히 클립의 머리를 쓰다듬었다. 클립은 꼬리를 흔들며 나를 바라보았다. 클립의 눈동자에 무지개다리가 걸리는 풍경이 비쳤다.

글에는 정답이 없어

소리 글쓰기

사람이 가지고 있는 다섯 개의 감각 중에서 가장 먼저 발달하고 또 가장 마지막까지 남는 것이 '청각'이라고 한다. 그렇다면 인간이 살아가는 동안 가장 오랫동안 함께하는 감각은 청각일 것이다. 무언가를 듣는다는 것은 쓰고 읽고 말하는 행동보다 앞선 가장 기초적인 일이다. 이 기초적인 감각을 잘 활용하면 재미있는 글을 쓸 수 있다. 소리가 우리의 상상력을 자극하는 훌륭한 도구이기 때문이다.

수업시간에 '소리 글쓰기'를 시작한 것은 소리로 이미지를 만들기 위해서였다. 소리를 듣고 그 소리가 주는 이미지를 떠올리고 그것을 글로 써내는 작업을 해보고 싶었다. 처음에는 내가 직접 소리를 채집해 갔다. 에어컨 소리나 빗

소리 혹은 풀벌레 소리나 종이 구기는 소리 등을 휴대폰에 녹음해 아이들에게 들려주었다. 그리고 어떤 이미지가 떠오르는지 적은 뒤, 그 이미지들을 엮어 하나의 글을 완성하게 했다.

처음에 아이들은 이 소리가 어떤 소리인지 알아맞히려고 애썼다. 종이 구기는 소리인지, 모닥불 타는 소리인지 헷갈린다며 정답을 물어보기도 했다. 그러나 나는 정답을 알려주지 않았다. 들리는 소리를 그대로 활용하는 것, 그것이 소리 글쓰기의 규칙이기 때문이다. 그런데 내가 소리를 채집해 갔더니 작은 문제가 생겼다. 나도 아이들과 똑같이 글을 써야 하는데, 정답을 다 알고 있으니 상상력이 펼쳐지지 않는 것이다. 그래서 그다음 수업부터는 아이들에게도 소리를 녹음해 오도록 했다.

아이들이 채집한 소리는 흥미로웠다. 책상을 두드리고, 피아노를 연주하기도 하고, 지하철이 들어오는 소리를 녹음하고, 친구들이 떠드는 소리를 담아 왔다. 또 어떤 소리를 담아야 할지 고민하던 아이들은 자신들의 목소리를 녹음해 오기도 했다. 말하거나 노래 부른 것을. 휴대폰에서 흘러나오는 자신들의 목소리를 들으며 아이들은 생경한 표정을 지었다. 이들이 채집해 온 소리 중에는 예측 가능한 것도 있었고 도무지 감을 잡을 수 없는 소리도 있었다. 이 소리들은 늘 우리 주변에 있었지만 인식하지 못했던, 우리가 채집하기 전에는 그냥 흘러갔던 소리였다. 흔히 글을 잘 쓰려면 관찰을 잘해야 한다고 말한다. 소리도 마찬가지다. 흘러가는 소리도 잘 담아두면 다양한 글을 쓸 수 있다. 오래전 그날의 우리처럼 말이다.

2018년 9월 11일, 나를 비롯한 세 사람은 교실에 앉아 일곱 개의 소리를 들었다. 그 일곱 개의 소리는 세 사람의 귀에 닿아 서로 다른 이미지로 탄생했다.

A가 들은 소리

· 오랜만에 책상을 정리했다.

· 아무 생각 없이 키보드를 두드렸다.

· 오랜만에 피아노 앞에 앉아 연주를 시작했다.

· 바람이 심하게 분다.

· 끼익, 덜그럭, 끼익.

· 무언가 쏟아졌다. 와르르.

· 저녁 시간, 한적한 거리. 전화벨 소리.

B가 들은 소리

· 흔들흔들, 덜컹덜컹, 나무끼리 끼여 있는 상태에서 나는 소리.

· 큐브 돌리는 소리.

· 터널 밑으로 기차가 지나가는 소리. 하늘을 날면 들릴 것 같은 소리.

· 누군가 피아노 치는 걸 녹음하는 소리.

· 오래된 문을 여는 소리. 기름칠이 시급하다.

· 볼링하는 걸 몰래 훔쳐보는 아이의 소리.

· 아무도 없는 집에서 울리는 전화벨 소리가 열린 창을 통해 들린다.

C가 들은 소리

· 도마에서 뭔가를 자르는 소리. 카페에서 요리하는 남자. 음악을 틀어놓고 요리하는 모습. 누군가를 초대해서 음식을 준비하는 사람. 남자가 여자를 위해서.

· 장작에 불을 붙이는 소리. 성냥 칙!

· 차 소리, 오토바이 소리, 바람 소리, 태풍이 오려는 걸까?

· 피아노 연주 소리. LP를 걸어둔 걸까. 마음의 평화를 위

해서 연주하는 소리.

· 문을 열고 나가는 소리, 들어오는 소리.

· 누군가 오는 소리. 밤인 듯.

· 전화 소리, 풀벌레 소리.

이후 우리는 각자가 만든 이미지를 엮어서 글을 썼다. A 는 '심하게 바람이 부는' 날, 창문을 열어뒀더니 '끼익' 소리 가 나 기름칠을 해줘야겠다고 생각하며 책상 앞에 앉았다 는 이야기를 썼다. 그 후 '널브러진 책상을 정리하고, 서랍 을 열었다가 물건이 한꺼번에 쏟아져 짜증이 났고, 스트레 스를 풀기 위해 키보드를 아무렇게나 두드렸다'고 했다. 그 리고 요즘은 왜 이렇게 짜증이 나는지 성찰하고, '피아노 앞 에 앉아 연주로 마음을 가다듬었으며,' 그러다가 문득 창을 바라보니 바람이 잦아들고 있다고 썼다. 그리고 그때 전화 벨이 울렸다며 글을 마무리했다.

B는 이런 내용의 글을 썼다. 주인공은 끼익 소리가 나 는 공원 의자에 앉아서 '큐브를 돌리고' 있다. 그는 지금 짝 사랑하는 영희를 기다리는 중이다. 그러나 영희는 보이지 않는다. 그래서 '기름칠이 시급한 아주 오래된 문을 열고' 어딘가로 향했다. 그때 '피아노 연주'로 유명한 유튜버인 동

네 형을 만나게 되고, 그와 함께 중국집에 갔다. '전화벨이 계속 울리는' 중국집은 무척 분주해 보였다. 둘은 짜장면을 먹은 후 볼링을 한 게임 치러 갔는데, 그 자리에 짝사랑하는 영희가 있었고, 영희가 '볼링 치는 모습을 보게 됐다'는 이야기다.

C인 나는 〈슬픈 습관〉이라는 글을 썼다. 초원 위에 있는 낡은 집에서 어떤 남자가 요리를 한다는 내용인데, 전문은 이렇다.

초원 위에 있는 낡은 집 하나. 그 안에서 남자가 요리를 시작한다. 남자는 도마 위에 닭을 올려놓고 손질을 한다. 탁탁탁. 도마 위에 칼이 내려쳐지고, 닭은 깔끔한 모습으로 정리된다. 물을 틀어 닭을 씻고 오븐 접시 위에 올려둔다. 소금과 후추를 뿌리고 허브 잎도 살짝 뿌려둔다. 예열된 오븐 속으로 준비된 닭을 밀어 넣는다. 남자는 라디오에서 흘러나오는 노랫소리를 따라 흥얼거린다. 순간, 열어둔 창으로 큰 바람이 들이닥친다. 날이 내내 흐리더니 드디어 한바탕 비가 쏟아지려고 하는 걸까. 남자는 창을 닫고 벽난로로 향한다. 성냥을 꺼내 칙! 불을 만들어 종이에 붙인다. 성냥불을 인도받은 종이는 벽난로의 장작 속으로 들어간다. 남자는 장작을 이리저리 움직이며 불을 키운다. 벽난로 속에 불길이 인다.

오븐에서 닭이 익어가는 냄새가 집 안을 채운다. 남자는 라디오를 끄고 피아노 앞에 앉아 여자가 오면 들려줄 음악을 연주해본다. 수백 번을 연주한 곡이지만, 여자를 위해서만 연주한다고 생각하니 심장이 떨려온다. 그렇게 시간이 흐른다.

약속 시간이 다가오고 있지만 여자는 오지 않는다. 남자는 마당을 살피기 위해 문을 열어본다. 순간 거센 바람이 몰아친다. 남자의 몸을 향해 내달리는 바람이 예사롭지 않다. 어떤 불길한 예감이 남자의 머리에 스친다. 마당으로 나가 이쪽저쪽을 살펴봤지만 여자의 모습은 아직 보이지 않는다. 다시 집으로 들어온 남자는 불길한 예감을 떨쳐버리려고 식탁을 차린다. 수저와 접시를 꺼내놓는다. 낮에 들에서 꺾은 꽃도 꽃병에 담아 식탁 위에 올린다.

그때 전화벨이 울린다. 수화기 건너편에서 여든의 노파가 말한다.

"애야, 오늘은 무엇을 준비했니? 그것 참 맛있겠구나. 이제 어서 저녁을 먹거라. 네가 기다리는 그 아이는 오지 않는단다. 이제는 너에게 갈 수 없는 사람이 되었잖니. 그 아이는 하늘에서 저녁을 먹고 있을 게다. 이제 그만 기다리고 저녁을 먹었으면 좋겠구나."

남자는 그제야 자기가 오지 못할 사람을 위해 음식을 준비했다는 것을 깨닫는다. 어제와 똑같이.

소리 글쓰기가 단어 글쓰기와 다른 점은 정답이 없다는 것이다. 단어에는 그 단어가 가지고 있는 나름의 '값'이 있어서 활용하는 데 한계가 있다. 그러나 소리는 내가 어떻게 듣느냐에 따라 이미지가 달라진다. 누군가에게는 비 내리는 소리가 말 그대로 비가 내리는 소리로 들리지만, 누군가에게는 무언가를 튀기는 소리로도 들린다. 이 소리를 어떻게 받아들였느냐에 따라 전혀 다른 글이 나온다. 소리 글쓰기의 묘미가 여기에 있다. 정해진 정답이 없다는 것!

그런데 아이러니하게도 정답이 없어서 이 시간을 더 힘들어하는 아이들도 있다. 이미지를 만들고 상상하는 것을 좋아하는 아이들은 열광하지만, 정답이 없는 소리에 집중하는 게 어려운 아이들은 도대체 이 소리가 어떤 소리인지 명확하게 찾아내고 싶은데 그게 안 돼 힘들다고 한다. 이처럼 소리를 들으면서 정답 찾기에만 몰두하면 진짜 정답을 놓치게 된다. 소리 글쓰기의 정답은 스스로 만들어가는 것이다.

관찰하는 것이 처음부터 쉬운 일이 아니듯, 소리를 듣고 상상하여 이미지를 만드는 일도 쉬운 일은 아니다. 그러나 나는 우리 아이들이 '보기'를 통해 세밀한 세계를 그리듯, '듣기'를 통해 풍성한 세계를 만난다는 걸 알았으면 좋겠다. 평소에 우리가 놓치는 소리들을 채집하며 이야깃거리를 하나씩 저장하길 바란다. 그래서 재생 버튼을 누르면 소리를 들을 수 있듯, 저마다 마음속 재생 버튼을 눌러서 가슴에 고인 이야기들을 써가기를 바란다.

오르간 소리, 피아노 소리, 숲을 헤치고 지나가는 소리,
에어컨 소리, 고양이 소리, 귀신 소리,
도레미파솔라시도, 삐까삐까

영혼의 소리

거리를 헤매다 성당 앞에 도착한 것은 밤 12시였다. 내리는 부슬비를
온몸으로 맞으며 걷다. 어떤 소리에 이끌려 여기까지 왔다. '어서 와.
여기야. 조금만 더. 이쪽이야.' 비 사이로 울려 퍼지는 오르간에서 이런
말이 들리는 것 같았다. 아니, 어쩌면 나는 고양이 한 마리를 따라왔는
지도 모른다. 어디서부턴가 내 앞에서 나를 인도하던 검은 고양이. 고
양이는 성당 마당으로 나를 안내하고 재빠르게 사라져버렸다. 나는
마당에 쌓인 빗물을 밟으며 **오르간 소리**가 나는 성전으로 향했다.

　나는 문을 밀고 안으로 들어갔다. 조용하고 우울한 오르간 소
리 사이로 경쾌한 **피아노 소리**가 들렸다. 도레미파솔라시도. 누군가
이 무거운 분위기를 깨기 위해 일부러 장난을 치는 것 같았다. 피아
노 소리가 끝나자 누군가 '**삐까삐까**'라고 했다. 사람들의 호탕한 웃

음소리가 들렸다. 나도 피식 웃음을 터뜨렸다. 그러자 순식간에 고요가 찾아왔다.

문을 열고 들어올 때까지만 해도 오르간과 피아노 소리, 어린 아이의 웃는 소리가 들렸지만, 내가 웃자 모든 것이 멈춰버렸다. 내 숨소리만 크게 들릴 뿐, 성당 안은 고요했다. 뭔가 이상한 기운이 감도는 것 같았다. 내가 왜 여기에 있는 거지? 걸음을 돌려 밖으로 나가고 싶었지만 내 발은 2층으로 향하는 계단을 밟고 있었다. 마음과 몸이 따로 떨어진 것 같았다. 마음은 집으로 가자고 말하는데, 몸이 자꾸 어둡고 축축한 분위기를 내는 2층으로 향하고 있었다.

성가대석이 있는 2층은 고요했다. 더 이상 오르지 말자고, 발길을 돌려 나오려는데 갑자기 오르간에서 이상한 소리가 들렸다. 무언가 건반 위를 지나가고 있는 소리였다. 집으로 가자, 집으로 돌아가자. 마음이 외치고 있었지만 몸은 낡은 계단을 밟아 더 높은 곳을 향해 올라갔다. 삐걱삐걱. 낡은 나무 계단을 밟는 소리가 성당 전체에 울렸다. 삐걱삐걱. 그러다 갑자기 강한 바람이 내 앞을 지나갔다. 누군가 숲을 헤치고 지나가는 소리가 들렸다. 너무 놀라 심장이 멈추는 것 같았다. 주위를 둘러보니 오른쪽에 작은 창 하나가 있었다. 창문이 열려 있었던 것이다. 비를 동반한 바람이 열린 창 사이로 훅 들어왔다는 걸 깨달았다. 집으로 가자, 집으로 돌아가자. 마음이 말했지만, 몸은 계속 계단을 밟고 올라갔다.

얼마나 올라갔을까. 성전 꼭대기에 이르렀다. 굳게 닫힌 문 너머에서 고양이 소리가 났다. 이렇게 높은 곳까지 고양이가 어떻게 올라왔을까? 나는 왜 여기에 있는 거지? 머리는 이런 생각을 하는데 손이 문을 열고 있었다. 문은 생각보다 쉽게 열렸다. 나는 문을 밀고 안으로 들어갔다. 방 안에서 에어컨 소리가 들렸다. 탁탁탁⋯ 뭔가 바람에 걸리는 소리가 귀에 거슬렸고, 낡은 상자들이 쌓인 틈 사이에서 고양이 소리가 선명하게 들렸다. 나는 그 소리를 따라 상자 사이를 훑었다. 아주 좁고 좁은 공간 속에 고양이 한 마리가 갇혀 있었다. 검은 고양이었다. 순간 온몸에 소름이 돋았다. 아까 나를 성당으로 안내했던 그 고양이였기 때문이다.

생각을 정리해야 했다. 고양이를 따라 온 성당, 이상한 소리, 집으로 가고 싶다는 내 생각과는 다르게 움직이는 몸, 성당의 다락방, 그리고 검은 고양이. 이런 생각이 순식간에 지나가는 동안 고양이는 나를 보고 애처롭게 울었다. 야옹, 야옹. 두려움에 사로잡힌 나는 어서 여기를 빠져나가야 한다고 생각했지만, 손은 고양이를 건져 올리고 있었다. 그때 등 뒤에서 귀신 소리가 들렸다. 나는 기겁하며 뒤를 돌아봤다.

"여기서 뭐하는 겁니까?"

검은 수단을 입은 노신부였다. 나는 깜짝 놀라 할 말을 잃은 채 서 있었다.

"문이 다 닫혀 있었을 텐데, 어떻게 들어오셨지요? 여기서 뭘 하시는 건지 말씀해주실 수 있을까요?"

나는 거리를 걷고 있었다고, 그런데 저절로 여기로 발걸음하게 됐다고, 아니, 검은 고양이 한 마리가 나를 안내했다고 말했다. 그리고 그 이후에 벌어진 일에 대해서 하나도 빠짐없이 이야기했다. 노신부는 다 알겠다는 듯 고개를 끄덕이며 말했다.

"가브리엘이군요. 여기서 키우던 고양이입니다. 오늘이 녀석이 하늘로 떠난 지 10년 되는 날이에요. 해마다 오늘이면 어김없이 한 사람을 여기로 부르지요. 처음에는 자길 기억해달라는 의미인 줄 알았는데, 그게 아니더군요. 녀석이 데리고 오는 사람은 죽음을 향해 걷던 사람이었어요. 스스로 삶을 놓으려고 하는 사람들. 당신이 누군지 모르겠지만, 가브리엘이 당신에게 전하고 싶었나 봅니다. 당신은 아직 하늘에 이를 때가 되지 않았다고요. 아직 지상에 머물러야 한다고 말입니다."

그제야 모든 것이 떠올랐다. 뛰어내리려고 서 있던 강에서 검은 고양이를 만났다는 것을. 그의 빨간 눈이 나를 여기로 데리고 왔다는 것을.

해석은 각자의 몫

그림이나 사진으로 글쓰기

아이들과 사진전을 관람하러 간 적이 있다. 유명한 해외 사진작가의 작품이었다. 나는 제각각 도착하는 아이들을 한 명씩 먼저 들여보내고 맨 마지막으로 전시관에 입장했다. 사진 한 장 한 장이 독특했다. 시선을 옮길 때마다 사진들이 자꾸 말을 걸어와 오랫동안 발이 묶였다. 내게 말을 거는 사진을 휴대폰에 한 장씩 담고 수첩에 메모했다. 사진은 그렇게 문장이 되어갔다. 한창 열심히 사진을 보며 문장을 적고 있는데 휴대폰이 울렸다. 이미 관람을 마친 아이들이 밖에서 기다리고 있다는 전화였다. 전시관에 입장한 지 얼마나 됐다고 벌써 관람을 마쳤다니! 나는 깜짝 놀랐다. 도대체 아이들은 사진을 어떻게 본 것일까?

다음 수업시간에 아이들에게 인상 깊었던 작품이 있었느냐 물었더니, 한두 작품이 있다고 했다. 그럼 그 작품으로 글을 쓸 수 있는지 물었더니 아이들은 난감해했다. 사진을 보고 어떤 글을 써야 하는지 감이 잡히지 않는다는 것이다. 하, 이럴 줄 알았으면 사진전에 가기 전에 사진을 보는 비법을 알려줄걸! 나보다 더 풍부한 상상력을 갖고 있는 아이들이니 사진을 보고 많은 아이디어를 건져 오리라 생각했는데 아니었다. 나는 내가 터득한 사진을 보는 비법을 전수하기로 했다.

나는 학교 다닐 때 미술시간을 싫어했다. '마이너스의 손'이라 뭘 그려도 엉망이었고, 미술책에 나오는 작품을 보는 것도 재미없었다. 그림을 어떻게 봐야 하는지 몰랐기 때문에 어떤 작품이 좋은 작품인지도 몰랐다. 사진을 보는 눈은 더 없었다. 지금이야 휴대폰으로 원하는 때에 언제든지 사진을 찍을 수 있지만, 내가 어릴 때만 해도 필름 사진기를 직접 들고 다녀야 했다. 스물네 장의 필름을 다 찍으면 그걸 감아서 인화하는 곳에 맡겼고, 며칠이 지나서야 사진을 받을 수 있었다. 사람들 손에 디지털 카메라가 들려 있는 걸 본 것은 20대 중반이었다. 그마저도 누구나 다 들고 다닐 수 있는 것은 아니었다. 이런 상황이었던 터라 나는 그림을 보는 것도 사진을 찍는 것도 익숙하지 않았다.

사진에게도 말을 붙여줄 수 있다는 걸 배운 것은 20대 후반이었다. 그 무렵 개인 홈페이지를 만들어 사진과 글을 올리는 것이 유행이었는데, 어느 홈페이지에서 로모 카메라로 찍은 사진을 보게 됐다. 로모 카메라는 사물의 주변부를 어둡게 만드는 터널 효과(비네팅)를 가진 카메라로, 사진을 현상하면 독특한 색감으로 인화됐다. 사람들은 '감성 사진기'라 불리는 이 카메라로 찍은 사진에 글을 붙여 홈페이지에 올렸다. 나는 날마다 다른 사람들의 홈페이지에 들어가서 사진과 글을 보았다. 그 사진들을 가만히 들여다보고 있으면 나에게 어떤 말을 걸어오는 것 같았다. 그 말들을 받아 적고 싶었다. 아니, 내가 직접 사진을 찍고 새로운 말들을 만들고 싶었다. 나는 월급을 털어 로모 카메라를 구입했다.

로모 카메라는 가방에 넣고 다니기 좋은 사이즈였다. 행여 카메라에 스크래치라도 생길까 봐 나는 천으로 된 케이스를 구해 안에 넣고 다녔다. 그러다 무언가 눈에 들어오는 모습이 있으면 사진을 찍고 곧바로 수첩을 펼쳐 떠오른 생각들을 적었다. 하트 모양의 작은 빵 세 개가 놓여 있는 모습을 찍고 수첩에 '나에게는 세 개의 심장이 있다.'는 문장을 적었다. 길가 현수막에 있던 '23 years'라는 단어를 찍고는 '찬란했던 내 청춘의 시간'이라는 문장을 썼다. '세 개의 심장'은 세 사람을 향해 뛰었던 내 심장을 의미했고, '찬란했던 내 청춘의 시간'은 스물 셋에 첫사랑을 시작했던 날을 뜻했다. 짧게 적은 몇 개의 문장은 한 편의 에세이가 되고, 한 곡의 노래 가사가 되기도 했다.

이렇게 사진으로 문장을 만드는 연습은 했지만, 그림을 보는 것은 여전히 어려웠다. 왠지 작가가 의도한 바를 알아맞혀야 할 것 같았다. 미술에 문외한인 나는 무식함이 탄로날까 봐 두려워 미술관을 멀리했다. 그러다 뒤늦게 들어간 대학에서 '미술의 이해와 감상'이라는 수업을 듣게 됐다. 그림은 어려웠지만 전공 과목이니 안 들을 수가 없었다. 울며 겨자 먹기로 수업을 듣는데, 교수님이 그림을 하나하나 보여주며 그림 속에 담긴 이야기를 해주셨다. 이 사람이 누구이고, 어떤 사연을 가졌으며, 왜 이 그림이 남게 되었는지를. 그때 갑자기 그림이 이야기가 되어 다가왔다. 고고한 정지 화면 같은 그림 속에 수많은 이야기가 숨어 있다는 것을 깨달은 것이다. 그 후 그림을 볼 때마다 작가에 대해 찾아보고 그림에 숨은 이야기들도 찾아봤다. 그림을 한 층 더 깊이 이해할 수 있었다. 그러나 모든 그림의 숨은 이야기를 찾아내기란 쉬운 일이 아니었다. 그리고 굳이 그림에 대한 모든 것을 찾아낼 필요가 없다고 생각했다. 나는 나만의 시선으로 그림을 해석하는 연습을 했다. 그림 속에 등장하는 사람이 누구일지, 어떤 인생을 살았을지, 그림 속에 있는 공간에서는 어떤 일이 벌어졌을지, 상상하고 또 상상한 것이다. 그랬더니 그림 속에서 새로운 이야기가 펼쳐졌다.

그래서 아이들에게도 각자의 시선으로 그림을 해석해보라고 이야기했다. 모든 글에 정답이 없듯 그림도 마찬가지라고, 바라보는 사람이 느끼는 것들이 모두 정답이라고 말이다. 나는 곧장 지난 전시회에서 찍은 사진 몇 장을 칠판에 띄웠다. 그리고 각자의 시선으로 사진에 대해 이야기하는 시간을 가졌다. 그날, 수많은 이야기가 교실 안을 흘러다녔다. 아이들에게 다음 시간에 올 때 마음에 드는 그림이나 사진을 한 장씩 골라오라고 했다. 이미지를 보고 글 쓰는 연습을 해보기로 한 것이다.

다음 시간에 아이들은 자신만의 이미지를 가지고 왔다. 어떤 아이는 개화기 복장을 한 여성의 그림을 가져왔고, 어떤 아이는 학교에 오면서 건넌 다리의 풍경을 찍어 왔다. 어떤 아이는 엑소의 앨범 커버 사진을 골랐고, 어떤 아이는 일곱 살 때 자기가 그린 그림을 가져왔다. 나는 김홍도의 〈타작〉이라는 그림을 선택했다.

우리는 사진과 그림을 앞에 두고 글을 썼다. '개화기 여성'은 일본으로 유학을 떠나는 1930년대의 조선 여성에 대한 글이 되었고, '다리 풍경'은 이사를 하면서 받게 된 선물 같은 풍경에 대한 글이 되었다. 우주에 떠 있는 아주 작은 우주비행사와 커다란 고래가 만난 '엑소의 겨울 스페셜 앨범 커버'는 '우고'라는 아이가 우주 고래와 만나는 이야기로 탄생했다. '일곱 살 때 자기가 그린 그림'을 가져온 아이는 일곱 살 꼬마 악당의 삶을 재구성해 재미있는 글을 만들었고, 나는 김홍도의 〈타작〉을 통해 노동을 하고 있는 민초들 사이에서 한가롭게 누워 있는 아전을 소개하며 18세기 조선의 민낯이 드러나는 글을 썼다.

그림이나 사진을 이야기로 만드는 체험은 아이들에게 자신감을 심어주었다. 어떤 이미지를 만나도 자신만의 이야기를 만들 수 있는 힘이 생긴 것이다. 그림이나 사진으로 글을 쓸 때 작품이나 작가에 대한 정보를 활용하는 것도 좋지만 꼭 그럴 필요는 없다. 뭔가를 알고 써야 한다는 압박에서 벗어나는 것이 먼저다. 이미지를 보고 자유롭게 상상하고 이야기를 펼쳐나가는 것이 중요하다. 틀에 갇히지 않고 마음껏 상상하는 것. 그것이 쓰는 힘이 된다. 그러다 보면 자료의 필요성을 깨닫는 순간이 온다. 자료를 활용하면 생각이 훨씬 풍부해진다는 것을 알게 되는 때가 오는 것이다.
나는 아이들에게 그 순간이 찾아오기를 기다리며 함께 글
을 쓸 뿐이다.

그림으로 보는 18세기 조선의 민낯

바야흐로 추수철이 되었다. 한가위를 앞두고 민초들은 서둘러 벼를 베었다. 일꾼들은 새벽부터 모여 어제 쌓아둔 볏단을 조금씩 덜어내 타작을 시작했다. 한 명은 지게로 볏단을 옮기고, 세 명은 짚을 손에 모아 쥐고 엎어놓은 나무에 힘차게 떨었다. 또 다른 한 명은 여기저기 튀는 낟알을 쉴 새 없이 쓸어 담고. 한 명은 낟알이 떨어져 나간 짚을 한 움큼씩 모아 묶었다. 하루가 어떻게 시작되어 어떻게 끝나는지 몰랐다. 해가 뜨기 전에 나와 해가 진 뒤에야 집으로 돌아갈 수 있었다. 볏단에 붙은 벼를 낟알로 떼어내는 일은 끝날 줄 몰랐다. 손 하나라도 더 있으면 좋으련만, 그런 행운은 쉽게 오지 않았다. 끼니도 거른 채 일을 하고 있을 때 아전이 나타났다. 담뱃대를 물고 어슬렁어슬렁 나타나더니 일꾼들을 쓰윽 한 번 보고는 목이 탄다며 막걸리를 찾았다. 그러고는 쌓아둔 볏단 앞에 자리를 깔라고 하더니 신을 벗고 들어가 누웠다. 아낙들이 아전 앞에 막걸리 한 병을 내려놓았다. 아전은 볏단에 몸을 기대고 담배를 태우며 막걸리를 마셨다. 입가에 묻은 막걸리를 닦으며 그가 말했다.

"서둘러야 할 것이야. 오늘 중으로 상납하지 않으면 세가 더 붙을 테니."

쉴 새 없이 일을 해도 일은 줄어들지 않았다. 타작을 하고, 낱알의 껍질을 벗겨 탈곡을 하고, 하얗게 속살을 드러낸 쌀들을 가마니에 담는 일은 쉽지 않았다. 그러나 더 울화가 치미는 것은 이 모든 것이 '그림의 떡'이라는 것이었다. 모내기를 하고 물을 대고 피를 뽑고 새를 쫓으며 1년 내내 일을 해도, 일꾼들은 쌀밥을 먹을 수가 없었다. 태어날 때부터 쌀밥을 먹을 수 있는 사람은 정해져 있었다. 벼슬아치 양반들과 그들에게 기생하며 살아가는 아전들. 그들을 제외하고 이 조선에서 쌀밥을 먹을 수 있는 사람은 없었다. 민초들의 밥상에는 언제나 누런 보리가 올라왔다. 그마저 양껏 배부르게 먹는 날이 드물었다. 그런데도 상납해야 할 세는 계속해서 늘어갔다. 굶주림에 허덕이고 일에 치여 사람들이 죽어나갔다. 원주에 살던 미암이도, 나주에 살던 상이도, 벽동에 살던 돌새도 그렇게 삶을 마감했다. 그러나 그들은 이름을 남기지 못했다. 조선의 르네상스라 불리는 18세기, 크고 작은 변화의 바람이 불었지만 민초들의 삶을 바꾸는 혁명은 일어나지 않았다. 그들은 사람이 아닌 하나의 노동력이었으며, 인정받지 못했고, 가난했다.

18세기의 모습을 그린 김홍도의 〈타작〉을 보며 21세기를 생각한다. 노비, 평민, 양반과 같은 계급은 사라졌지만 보이지 않는 새로운 계급이 생겨나 사람들의 삶을 위협하는 21세기. 200년 전의 세상이 여전히 존재하는 21세기. 변한 것은 없다.

작가와 독자 사이

릴레이 글쓰기

어린 시절 가을운동회에서 가장 좋아했던 종목은 계주였다. 엇비슷한 실력을 가진 선수들이 엎치락뒤치락하며 뛰는 것도 흥미진진했고, 잘 달리던 선수가 넘어질 때 모두가 함께 탄식하는 마음도 좋았다. 계주는 그야말로 각본 없는 드라마였다. 운동장 위에서 펼쳐지는 이 짜릿한 드라마를 글쓰기 수업에 적용해볼 수 없을까 생각하다 '릴레이 글쓰기'를 해보기로 했다.

계주를 할 때 선수와 배턴이 필요하듯, 릴레이 글쓰기를 할 때도 같은 요소가 필요하다. 선수는 '수업에서 함께 글을 쓰는 아이들'이고 배턴은 '단어'다. 릴레이 글쓰기를 하려면 먼저 단어를 준비해야 한다. 이때 단어는 여러 가지 방법으로 정할 수 있다. 수업에 참여하는 아이들이 한 단어씩 이야기할 수 있고, 수업과 전혀 관계없는 사람들에게 무작위로 받을 수도 있다. 조금 더 흥미진진한 글을 쓰려면 수업에 참여하지 않는 다른 사람들에게서 단어를 수집하는 것이 좋다. 우리는 종종 학교 안을 돌아다니며 수업과 전혀 상관없는 선생님들에게 "지금 생각나는 단어 하나만 알려주세요!"라고 부탁한다. 최대한 모두가 전혀 예상하지 못했던 단어를 사용하기 위해서다. 회계 업무를 담당하는 선생님은 '거래명세서'나 '근로계약서' 같은 생경한 단어를 주고, 주방 선생님은 '앞치마', '두부조림', '칼로리' 같은 익숙하지만 글에 녹이기에는 만만치 않은 단어를 준다. 길잡이 선생님들은 어제 갔던 카페 이름이나 오늘 아침 지하철 광고에서 본 단어를 주기도 한다. 그럼 우리는 그 단어들을 들고 와서 칠판에 적는다. 그렇게 보물상자, 앞치마, 거래명세서, 루프탑이라는 단어가 칠판에 적힌다.

단어가 준비되면 글쓰기가 시작된다. 모두 각자 자리에 앉아서 '보물상자'라는 단어가 들어가는 글을 쓴다. 어떤 이야기라도 괜찮다. 글 속에 이 단어만 들어가면 된다. 그러나 분량이 너무 짧으면 곤란하다. 한두 문장만으로는 부족하다는 뜻이다. 우리가 암묵적으로 정한 분량은 네다섯 줄 이상으로 이루어진 한 문단이다. 여럿이 함께 만드는 공동 저작이니만큼 내 지분을 충분히 만든다는 의미도 있다.

모든 아이가 한 문단을 완성하면 글은 그대로 두고 몸을 일으켜 자리를 한 칸씩 옆으로 옮긴다. 그러고 나서 앞 친구가 '보물상자'를 이용해 쓴 글을 읽고 그다음 단어인 '앞치마'로 글을 잇는다. 내가 쓸 문단 어딘가에 '앞치마'라는 단어가 들어가면 된다. 여기서 주의할 점은 앞 친구가 쓴 글과 내용이 이어져야 한다는 것이다.

아이들은 독자가 되어 친구의 글을 읽으면서 작가의 의도를 파악한다. 그런 다음 자신도 작가가 되어 글을 잇는다. 이렇게 '보물상자'와 '앞치마', '거래명세서', '루프탑'이라는 단어가 들어간 한 편의 글을 완성한 공동 저자가 된다.

릴레이 글쓰기의 함정은 첫 번째 주자가 아무리 잘 써도 두세 번째 주자가 제대로 글을 잇지 못하면 글이 산으로 간다는 것이다. 이것은 운동회의 계주와 같다. 첫 번째 주자가 열심히 뛰어서 상대편과 거리를 많이 벌려놓아도 두세 번째 주자가 따라잡히면 밀려나는 것처럼, 첫 번째 작가가 아무리 글을 잘 써도 그다음 작가들이 흐름을 망쳐놓으면 글의 완성도가 떨어질 수밖에 없다. 후반 작가가 아무리 열심히 복구하려도 해도 벌어진 간극을 메꾸는 건 쉽지 않다.

나는 몇 차례 이런 시행착오를 겪은 후, 글의 완성도를 높일 수 있는 방법을 생각해냈다. 엄청나게 벌어진 간격을 메꿀 수 있는 마지막 주자를 투입하기로 한 것이다. 죽어가는(?) 글을 소생시킬 마지막 주자는 바로 첫 번째 단어로 글을 쓴 사람이다.

칠판에 적힌 단어들로 이어 쓰기를 끝내면, 모두 자기가 처음 시작했던 글 앞에 돌아와 앉는다. 그리고 처음부터 끝까지 글을 읽은 후 마무리한다. 내가 시작한 글을 내가 마무리하는 것이다. 아무리 모두가 함께 쓴 작품이라고 해도 내가 시작한 글에 애정이 더 가는 법이다. 아이들은 가장 먼저 자신이 생각했던 방향대로 글이 흘러갔는지 살피고, 중간에 이상한 부분이 있는지 체크한다. 그리고 마지막 문단을 쓰기 시작한다. 이때는 단어를 주지 않는다. 자유롭게 마무리를 할 수 있도록 하기 위함이다. 이처럼 자신이 시작한 글을 마무리하는 기회를 주면 아이들은 최대한 글을 살리려고, 자신이 처음에 의도했던 방향으로 정리하려고 애쓴다. 글의 완성도가 높아질 수밖에 없다.

그럼에도 불구하고 산으로 가는 글이 나오는 것을 막을 수는 없다. 특이하게도 최근에 이런 글이 많아졌다. 아무리 읽어도 무슨 내용인지 이해할 수 없는 글이 많아졌는데, 왜 이런 현상이 생기는 것인지 원인을 찾아봤다. 원인은 '오독'에 있었다. 릴레이 글쓰기는 '작가'가 되어 쓰는 글이지만, 그 글이 좋은 글이 되려면 '독자'가 되어 먼저 제대로 읽어내야 한다. 첫 단어를 사용해 글을 쓸 때를 제외하고, 나머지 단어들은 이전 사람이 쓴 글을 제대로 읽어야 내용이 흐트러지지 않는 글을 쓸 수 있다. 그런데 친구가 쓴 글을 제대로 읽어내지 못하는 아이들이 있었다. 자신이 읽고 싶은 대로 읽고, 이해하고 싶은 대로 이해하고서 글을 이어간 것이다. 그러다 보니 글이 엉뚱한 방향으로 흘러가 이해 불가의 글이 되고 만다.

이런 일은 '낯선 단어' 때문에 일어난다. 릴레이 글쓰기를 하는 동안 아이들은 낯선 단어를 만난다. 사람마다 자주 사용하는 단어가 다르고, 글에 활용하는 단어가 다르다. 이때 친구가 사용한 단어가 자신이 평소에 쓰지 않는 단어일 때 뜻을 제대로 파악하면 문제가 되지 않지만, 제대로 알려고 노력하지 않을 때 오독이 생긴다. 글을 쓰다가 단어의 뜻을 잘 모를 경우 나에게 물어보거나 검색해서 뜻을 알아내는 아이들도 있다. 그러나 자기 마음대로 해석하고 글을 잇는 아이들도 있다. 문제는 자신이 글을 오독했다는 것을 모른다는 것이다. 누군가 오독하고 이어 쓴 글을 다시 이어 쓰려면 답답하다. 처음에 여자였던 주인공이 갑자기 남자로 바뀌어 있거나 죽었던 사람이 되살아나 있기도 한다. 그래도 아이들은 글을 잇는다. 어떻게든 한 편을 완성하기 위해 문장을 적는다.

완성된 글은 돌려가며 함께 읽는다. 내가 넘긴 이야기를 다른 친구가 어떻게 이었는지 읽어보고 글에 대한 느낌을 나눈다. 이때 글이 산으로 간 원인을 찾는다. 엉뚱한 내용을 써놓은 작가에게 어떤 의도가 있었는지 묻기도 하고, 독특한 생각을 한 친구를 칭찬하기도 한다. 작가가 오독했다는 사실이 알려지더라도 결코 그를 비난하지 않는다. 글쓰기 시간에는 누구도 비난할 수 없다는 규칙 때문이다. 쓰는 힘을 주는 것은 비난보다 칭찬이라는 걸 아이들도 알고 있다.

비록 우리가 쓴 글이 이상한 글이라 해도 이 작업을 통해 아이들은 배운다. 자주 사용하지 않는 새로운 단어를, 어떻게든 이야기를 이어가는 기술을, 작품을 함께 만들어가는 법을 말이다. 함께 글을 쓰고 잘못 이해하고 마음대로 창작하는 것은 아이들을 성장시킨다. 그리고 깨닫는다. 작가와 독자의 길이 달라 보여도 결국 같은 길 위에 서 있다는 것을. 쓰는 것만큼 읽는 것도 중요하다는 것을.

보물상자, 앞치마, 거래명세표, 루프탑

어린이용 마약 생산 공장

① 난 벌써 열두 살이야. 이젠 묻혀 있는 **보물상자** 따윈 책 속에 있는 거짓말이란 걸 알지. 그런 걸 찾으러 갈 바에야 차라리 가게에서 '트랭키'를 사 먹을 거야. 이게 뭐냐고? 끝내주는 과자야! 어제만 해도 여섯 봉지를 먹었어. 이대로라면 우리 마을에서 가장 뚱뚱한 '존'처럼 될지도 몰라. 걔는 열세 살인데 아마 어른들보다 무거울 거야. 최근에 근처 숲속에서 알 수 없는 연기가 피어오르는데 내 친구 '해리' 말로는 트랭키 공장이 들어온 거래. 그래서 매일 아침 비어 있는 트랭키 판매대가 다시 채워질 수 있는 거라고. 내일은 해리랑 같이 숲속 공장을 찾아가볼 거야. 거기 가면 산처럼 쌓인 트랭키를 실컷 먹을 수 있겠지?

② 트랭키 공장을 찾아가는 길은 쉽지 않았어. 집 근처에 있는

숲이었지만, 한 번도 가본 적이 없었거든. 마을 어른들은 아이들이 그 숲에 가지 못하도록 단속했어. 며칠 전에도 존이 친구들을 데리고 숲에 들어가려고 했다가 '마이크' 아저씨에게 잡히고 말았어. 거인보다 더 큰 아저씨가 존을 번쩍 들어서 데리고 나오는데, 동화 속 한 장면 같았어. 존은 우리 마을에서 가장 몸집이 큰데 마이크 아저씨 앞에서는 영락없는 꼬꼬마였다니까. 겁먹은 표정을 하고 있던 존 꼴이 얼마나 우스웠는지 몰라. 해리와 나는 작전을 짜야 했어. 연기가 나는 쪽으로 가는 길이 몇 개인지 찾아야 했지. 우리는 해리가 들고 온 마을 지도를 펼쳐놓고 궁리했어.

우리가 찾은 길은 세 개였어. 우리는 지도를 들고 답사를 떠나기로 했어. 철저하게 준비를 해야 했으니까. 지도에 나온 길을 따라 숲을 향해 걸어갔지. 첫 번째 길 앞에는 마이크 아저씨가 있었어. 우리는 조용히 두 번째 길로 들어섰어. 그곳에도 동네 아저씨가 있었어. 우리는 세 번째 길을 찾고 있었어. 그런데 새로운 길이 하나 더 있는 거야. 지도를 펼쳐봤지만 그 길은 지도에 없었어. 해리와 나는 주변을 살피고는 그 길을 살금살금 걸어갔어. 그런데 저 앞에 어떤 아줌마가 보였어. 아줌마는 **앞치마**를 두르고 바쁘게 움직이고 있었어.

③ 우리는 나무 뒤 풀숲에 몸을 숨겼어. 이 길 말고는 다른 길은 없는 것 같았어. 그래서 신중해야 했지. 갑자기 저 앞에서 바쁘게 움

직이던 아줌마가 멈추고 이쪽을 봤어. 흡…! 순간 들킨 줄 알았다니까. 다행히 아줌마는 우리를 보지 못한 모양이야. 금세 고개를 돌리고 전화기를 꺼내들었거든. 그런데 아줌마가 버럭 소리를 지르기 시작했어.

"이봐요! 지금 그게 말이 되는 소리예요? **거래명세표**를 잃어버렸다고요? 내가 잘 챙기라고 했잖아요! ……알았어요. 내가 갈게요."

그러더니 아줌마는 숲 안쪽으로 들어가버렸어.

"야, 거래명세표가 뭐야?"

나는 해리에게 물었어. 똑똑한 해리는 내게 그것이 어떤 물건을 샀는지 표시해주는 종이라고 알려주었어. 역시 우리 학교 2등이야. 하지만 몸 쓰는 건 내가 더 잘 한다고. 흥! 그때 마을 쪽에서 누군가 우리를 부르고 있었어.

"해리! 피터! 거기 있니? 숲에 들어가면 안 된다고 했을 텐데!"

어쩌지? 우리는 서로를 잠시 쳐다보았어. 그러고는 아까 그 아줌마가 간 곳을 따라 뛰기 시작했어.

④ 그렇게 한참을 뛰다 보니 갈림길이 나왔어. 길이 어디로 이어지는지 알 수 없었지. 그래서 나는 해리를 달달 볶았어. 빨리 갈림길에 관한 정보를 찾아내라고 말이야. 하지만 해리라고 별 수 있겠어? 표지판도 없는데 어쩌겠어. 해리와 내가 고민하는 사이 또 멀리서 소

리가 들렸어.

"해리! 피터! 이제는 찾아도 봐주지 않을 거야. 그러니 그 숲에서 빨리 나와!"

마이크 아저씨였는데 마치 괴물 목소리처럼 갈라지고 섬뜩한 소리였지. 우리는 너무 두려워서 연기가 나는 오른쪽 길로 쭉 달렸어. 우리는 트랭키 공장에 가려고 했으니까. 정신없이 한참을 뛰다 보니까 연기가 가까워졌지. 우리는 그때부터 조심스레 몸을 숙이고 연기가 나는 곳으로 살금살금 다가갔고, 어느새 연기 앞에 도착했어. 우리는 조심스럽게 마지막 풀을 젖혔어. 그런데 엇, **루프탑**이 있는 건물이 보였어. 그 건물은 신기하게 굴뚝이 없이 창문으로 연기가 올라오고 있었어. 굉장히 괴상망측한 광경이었어. 헛! 아까 길에서 만났던 아줌마가 성질을 내며 전화하는 모습이 보였어.

⑤ 좋아, 공포 영화는 그만 보자고. 어쨌든 저 전화가 끝나기 전까지 우린 우리의 볼일을 끝낼 필요가 있으니까. 난 창문을 비집고 들어가 건물의 내부를 봤어. 분위기는 음산했어. 이런 곳에서 트랭키를 만든다고 상상하긴 힘들었지. 그때 내 발바닥에 날카로운 가시 같은 게 박혔어. 아마 잘 안 다듬어진 나무 바닥의 가시였을 거야. 나도 모르게 비명을 질렀고 상황 파악을 했어. 이젠 정말 도망쳐야 했지. 아까 들었던 괴물 같은 목소리가 들려오기 시작했거든. 난 창문

에서 빠져나오다 걸려서 해리가 힘으로 빼냈어. 그 뒤로는 줄곧 달렸지. 뒤돌아보고 싶었지만 일단은 저 소리가 들리지 않는 곳으로 가는게 급선무였어. 드디어 멈춰 섰을 땐 폐가 터져버릴 거 같았어. 숨을돌리고 있는데 해리가 뜬금없이 소리쳤어.

"저 아줌마 말이야. 괴물 같은 아줌마. 생각해보니까 이제 떠올랐어! 저 아줌마가 나한테 트랭키 공장이 들어섰다고 알려줬어!"

우린 말도 없이 마을까지 걸어왔어. 고개를 들어 거리를 둘러보니, 아이들이 우리를 기다리고 있었어. 아이들이 나한테 정말 공장이있었냐고 물어봤어. 그동안 걔들은 아무것도 보지 못했던 모양이야.그 안에서 봤던 걸 말할 수도 없었지만 실패했다고 말하기도 싫었어.

"있긴 했는데 나랑 해리가 트랭키를 다 먹어치웠어. 전부. 그러자 공장 아저씨가 화내면서 공장에 또 오면 총을 쏜다고 했어. 이제는 먹지 못하게 옷을 만들 거래. 그러니까 이젠 볼일 없어."

"정말? 그걸 다 먹었어?"

"그래, 가져오려고 했는데 가방을 안 가져가서. 실망하지 마. 내가 3달러 줄게. 애들이랑 가서 트랭키 사 먹어."

아이들은 돈을 받자 가게로 달려갔지. 나는 무슨 일이 또 생길까 봐 불안했지만 그보다 피곤했어. 그래서 집으로 돌아가 침대에누웠지. 침대에 눕자마자 눈이 감겼고, 오늘 하루는 그냥 끝났어. 정말 긴 하루였어.

세상에 던지는 메시지

노래 가사 쓰기

20대 후반에 작사를 배운 적이 있다. 작사가인 선배가 후배를 양성하는 데 참여하게 된 덕분이다. 나를 포함한 네 명의 후배들이 날마다 모여 앉아 작사 공부를 했다. 선배는 음악을 듣고, 테마를 정하고, 스토리를 구성하고, 글자 수에 맞게 노랫말을 쓰는 법을 가르쳐주었다. 1년 반 동안 습작한 노랫말이 스프링노트 열 권을 가득 채웠다. 그중 몇 개는 음반으로 발표되는 영광도 누렸다. 짧은 시간이었지만 그때 작사를 배운 덕분에 수업에 활용할 수 있었다.

수업시간에 '노래 가사 쓰기'를 제안한 것은 밴드 동아리에서 활동하는 아이들이었다. 밴드 동아리는 가끔 발표회를 열었는데 아이들은 자신들이 직접 노래를 만들고 싶어 했다. 곡을 만드는 법은 작곡 시간에 배울 수 있지만, 가사를 쓰는 건 쉽지 않다며 글쓰기 시간에 함께 해보자고 제안한 것이다. 나는 흔쾌히 그 요청을 받아들였고, 내가 알고 있는 모든 지식을 아이들에게 알려주었다.

노랫말을 쓰는 과정은 데모곡을 듣는 것에서 시작된다. 작곡가가 음악을 만들어 보내주면 그걸 듣고 작업하는데, 들으면서 먼저 곡의 전체적인 분위기를 생각한다. 슬픈지 희망찬지 파악하고, 이별하는 가사가 어울릴지 새로 사랑을 시작하는 가사가 어울릴지 판단한다. 그리고 곡에 들어갈 글자 수를 헤아린다. 노랫말을 쓰기 위해서는 그걸 듣고 곡 안에 몇 개의 글자가 들어가는지 알아내야 하기 때문이다.

데모곡에는 의미 없는 가사가 있다. 멜로디 라인을 알려주기 위해서 '따라라' 혹은 '아이 러브 송'과 같은 간단한 영어 단어들이 적혀 있다. 우리는 곡을 들으면서 글자가 들어가야 할 자리에 점을 하나씩 찍어서 글자 수를 땄다. 예를 들어 '애국가'가 데모곡으로 왔다면 노트에는 이렇게 표기한다. (애국가의 글자 수와 점의 개수가 다른 것은 연음이 있기 때문이다.)

동해물과 백두산이 마르고 닳도록

하느님이 보우-하사 우리나라 만세

무-궁화 삼-천리 화려강-산

대한사람 대한-으로 길이 보전하세

글자 수를 헤아렸으면 이제 테마에 맞는 이야기를 짜고 가사를 쓴다. 이별 노래를 쓰고 싶다면 언제 어디서 어떻게 이별을 하게 되는지, 이별을 한 후인지 전인지 나름의 상황을 정한다. 그리고 상황이 설정되면 글자 수에 맞게 가사를 쓴다. 이렇게 하나의 이야기가 노랫말이 된다.

노랫말을 다 쓴 후에는 곡에 맞춰서 노래를 불러본다. 가사가 음에 딱딱 맞지 않으면 어딘가 문제가 있는 것이니 수정을 해야 한다. 글자 수가 맞지 않았을 수도 있고, 음의 높낮이와 내가 사용한 단어가 어울리지 않았을 수도 있다. 소리를 내질러야 하는 고음에 '억'과 같이 목을 누르는 글자를 쓰면 노래를 부르기가 힘들기 때문에, 더 편하고 자연스럽게 부를 수 있는 단어로 수정한다. 이렇게 내가 쓴 가사로 여러 번 노래를 불러보고 자연스럽게 잘 흘러가면 펜을 놓는다.

우리는 우리만의 데모곡을 찾았다. 이미 발표된 가요는

글자 수를 따는 게 손쉬운 데다 기존 가사에 영향을 많이 받으므로 되도록 잘 모르는 노래를 선택하기로 했다. 아무래도 가요보다는 팝송이 더 좋을 것 같았다. 아이들과 함께 유튜브를 뒤적이며 모두가 모를 것 같은 팝송을 찾았다. 그리고 각자 이어폰을 꽂고 노래를 수없이 반복해서 들었다. 그러면서 테마도 정하고 글자 수도 따고 스토리도 구상해 노랫말을 썼다.

노랫말을 완성한 후 아이들과 돌려 읽었다. 같은 노래를 듣고도 완전히 다른 가사들이 나왔다. 물론 글자 수도 다양했다. 음악을 틀어놓고 불러보면 어느 부분인지 놓치는 경우도 많았다. 글자 수를 잘못 체크했기 때문이다. 그러나 글자 수가 대수일까. 아이들이 음악을 듣고 테마를 생각하고 글자 수를 헤아리고 그에 맞게 가사를 쓰려고 노력했다는 것이 중요할 뿐이다.

아이들이 노력을 기울여서 완성한 가사를 살펴봤다. 한 아이는 '알고 싶진 않겠지'라는 제목의 가사를 썼다. 나는 사랑했던 너와 헤어지고 너의 연락을 기다리는데, 너는 내가 어떻게 지내는지 알고 싶어 하지 않을 거라는 내용이었다. 다른 아이는 '네 이야기를 들려줘'라는 제목으로 가사를 썼다. 나밖에 모르는 내가 아주 잠시라도 네가 될 수 있게,

아주 작은 응원밖에 할 수 없는 나지만 내가 너를 응원할 수 있게 너의 이야기를 들려달라는 내용이었다. 이 아이의 가사를 읽으면서는 뭉클했다. 깊은 절망 속에 갇혀 하루하루를 겨우 버티고 있는 아이였기 때문이다. 아이가 세상을 향해, 세상에 있는 누군가를 향해 '너의 이야기를 듣겠다'고 말하는 게 마치 작은 힘이라도 내보겠다는 의지 같아 고마웠다.

나는 '빛'이라는 제목으로 노랫말을 썼다. 날마다 죽음을 생각한다던 절망 속에 갇힌 제자를 위한 글이었다. 어둠이 너를 불러도 대답하지 말라고, 너의 삶이 우리 안에 있으니 포기하지 말라는 내용이었다. 가사를 돌려 읽으면서 그 아이가 이 글을 읽고 삶에 대한 희망을 갖기를 바랐다.

내 마음을 읽었는지 수업이 끝나고 아이에게 문자가 왔다. '고맙습니다'. 아이는 다섯 글자 안에 많은 것을 담아 전해주었다. 아마도 가사를 보고 위로를 받았다는 의미였을 것이다. 나는 바로 답장을 보냈다. 세상 살기 참 쉽지 않지만, 세상의 모든 것은 다 지나간다고. 끝날 것 같지 않은 절망도 언젠가는 끝이 난다고. 그러니 비록 새로운 절망이 매일 찾아와도 조금 더 힘을 내보자고. 그리고 한 마디를 덧붙였다. 누군가 너를 위해 기도하고 있음을 기억하기를 바란다고.

나는 가사를 쓸 때마다 마음속으로 '퍼져라'라는 주문을 외운다. 남들 모르게 혼자서 끼적이고 있는 글이지만, 언젠가는 선율을 만나 멀리멀리 퍼지라고. 그리고 누군가의 가슴에 닿아 그 사람의 삶에 퍼지라고 말이다. 누구나 한 번쯤은 경험했듯이 노래는 예측할 수 없는 어떤 시간에 한 사람의 가슴에 꽂힌다. 그리고 그 사람의 삶에 퍼져 다시 살아갈 힘을 준다. 그것이 사랑 노래든 이별 노래든. 나 또한 노래를 들으며 삶을 버텨내던 시간이 있었다. 나는 바란다. 내가 쓴 '빛'의 가사가 어둠 속에 갇혀 있는 누군가의 가슴에 꽂히기를. 그래서 빛을 바라보며 포기하지 않기를 말이다. 빛으로 절망을 녹이고 세상으로 나온 이 노래의 주인공처럼.

빛

—

죽었던 해가 나와 숨어든 널 찾겠지

하루가 열렸다고 세상으로 나가자고

어둠 속에 갇힌 넌 바라겠지

오늘도 어제처럼 아무것도 보지 않기를

알아, 넌 절망 속에 갇혀 있는 영혼

(죽음을 원해)

안 돼, 이미 너의 삶이 우리 안에 있어

왜 널 못 믿니 볼 수 있단 걸

짙은 어둠을 이제 걷어봐

다시 시작해 너를 비추는

빛을 바라봐 포기하지 마

숨었던 네가 나와 한 걸음 더 가까이

녹아든 절망 속에 떠오르는 빛을 찾아서

수업시간에 쓴 글

살짝 고갤 내민 넌 말하겠지
오늘은 어제보다 나은 삶을 살고 싶다고

넌 놓고 싶지 않은 거야
다가올 내일 맞이할 미래 두렵고 무서워도
다 떠나가버릴까
애쓰는 거야 마주한 삶을 버리지 않으려

너를 믿어봐 살아 있는 널
너로 충분해 여기 있는 너
혹시 어둠이 너를 찾아도
대답하지 마 빛을 바라봐

숨었던 네가 나와 한 걸음 더 가까이
녹아든 절망 속에 떠오르는 빛을 찾아서
세상으로 나온 넌 말하겠지
오늘은 어제보다 나은 삶을 살고 있다고

목요일의 작가들

때로는 네가 되어본다

빙의하여 쓰기

중학생 때였다. 친구가 내 손을 잡더니 그 사이에 연필 하나를 끼워 넣었다. 그러고는 펼쳐놓은 연습장 위에 뾰족한 심이 닿을 듯 말 듯 하게 연필을 세우고 외쳤다. "분신사바 분신사바……." 친구는 누군가의 영혼을 부른다는 주문을 외우고 있었다. 순간 머릿속에서 접신, 빙의, 귀신, 영혼 같은 단어들이 떠올랐다. 나는 맞잡은 손을 확 팽개쳤다. 연필은 바닥으로 떨어졌고 친구는 화를 냈지만, 내 영혼 하나를 다스리는 일도 벅찬 나였다. 다른 사람의 영혼까지 만날 형편이 아니었고, 사실 그보다 다른 영혼이 빙의할까 봐 무서웠다.

'영혼이 옮겨 붙는다'는 뜻의 '빙의'를 글쓰기 이름에 붙인 것은 순전히 아이들 때문이었다. 한 학기 동안 친구들의 글을 읽어본 아이들이 다른 사람인 척하면서 글을 써보고 싶다고 제안한 것이다. 마치 내가 저 사람이 된 것처럼, 저 사람의 입장에서 생각하고 글을 써보겠다는 것이다. 영화나 드라마에서 영혼이 바뀌는 상황을 많이 봤기 때문일까 싶었는데, 원인은 우리의 글에 있었다.

여러 명이 함께 모여 글을 쓰고 돌려 읽다 보면 이름이 없어도 이 글이 누구의 것인지 단번에 알게 된다. 글에 그 사람의 얼굴이 있기 때문이다. 글의 얼굴을 흔히 '문체'라고 하는데, 문체는 사람마다 갖고 있는 독특한 개성이다. 이 개성은 어떤 종류의 글을 쓰느냐에 따라 조금씩 달라지기는 하지만, 그만이 가지고 있는 고유함은 사라지지 않는다. 수필을 쓰든 논문을 쓰든 글 안에서 쓴 사람이 드러나기 마련이다. 아이들은 그걸 신기해했다. 내가 아무리 내가 아닌 척하면서 글을 쓰더라도, 읽는 사람은 단번에 그걸 알아차린다는 것을. 글 속에 있는 다른 사람의 얼굴을 자신이 대신 그릴 수 있는지 아이들은 궁금해했다.

모두가 '빙의하여 쓰기'에 찬성했고, 이제 빙의할 사람을 선택하는 문제가 남았다. 우리는 각자의 손에 이 중요한 문제를 맡기기로 하고 제비뽑기를 했다. 나는 연습장을 찢어 아이들 수만큼 쪽지를 만들고 이름을 썼다. 그러고는 교실에 굴러다니는 작은 바구니에 쪽지를 넣고 열심히 흔든다음, 가위바위보를 해서 제비뽑기 순서를 정했다. 한 사람한 사람씩 빙의할 사람의 이름을 뽑았다. 독특한 문체를 쓰는 사람의 이름을 뽑은 아이들이 환호했고, 평범한 문장의주인공을 뽑았다고 생각한 아이들은 탄식했다. 그러나 아이들은 몰랐을 것이다. 독특이고 평범이고 남이 되어 글을쓰는 게 얼마나 어려운지!

아이들은 친구들이 지난 시간에 썼던 작품들을 찾아 읽었다. 그중에서 자신이 뽑은 친구가 쓴 글을 보고 또 보며어떻게 써야 하는지 고민했다. 그러나 다른 사람으로 빙의하는 것은 쉬운 일이 아니었다. 영화 속에서는 한순간에 영혼이 쑤욱- 하고 들어가지만, 저 사람의 영혼을 나에게 불러올 수는 없었다. 아이들은 저 사람이 되어 글을 쓰려고 해도 자신의 문체가 나온다고 했다. 자신을 철저하게 숨기고빙의한 사람을 보여야 하는데, 자꾸 자신이 드러난다며 머리를 쥐어뜯었다. 여기저기서 삭제 버튼을 누르는 소리가요란했다.

내 손과 머리도 분주했다. 내가 빙의할 사람은 J였다.잘 웃지 않고 진중한 J는 어두운 분위기의 글을 자주 쓰는아이였다. 황야의 무법자가 등장하는 서부극 같은 글을 쓰는 아이라고나 할까. 그와 다르게 내 글은 아기자기했다. 꽤 감성적이고 단어도 말랑한 단어를 선호했다. 아담한 글을 쓰는 내가 덩어리가 크고 무거운 글을 써야 하는 상황이 되자, 아이들은 재미있어했다. 아이들의 관심사는 '선생님이 J에게 빙의하느냐 하지 못하느냐'였다.

나는 보란 듯이 J가 되고 싶었다. 아이의 평소 모습을 생각하며 '나는 J다. 나는 J다.' 하며 마음속으로 세뇌를 했다. 그러나 나는 윤성희였다. 할 수 없이 나도 J가 썼던 글을 뒤적였다. 그러다 아이가 쓴 일곱 살 시절의 자화상에 대한 글을 읽었는데, 머릿속으로 섬광 하나가 지나갔다. 이거다 싶었다.

'그림이나 사진으로 글쓰기' 시간에 J는 일곱 살 때 그린 자기 모습을 들고 왔다. 글 속에는 '꼬마 악당'이라고 불리는 주인공이 있었는데, 그는 자기가 그린 그림을 늘 못마땅해했다. 그래서 그리고 그리고 또 그렸지만 마음에 드는 그림을 그리지 못했다. 이 이야기를 읽는데 '황야의 무법자'의 이미지가 떠올랐다. 아주아주 무섭게 생긴 사내가 일곱 살의 나를 만나는 이야기를 쓰고 싶었다. 나는 신나게 자판을 두드렸다. 글 속에는 어둡고 무거운 단어들이 등장했다.

빙의하여 쓰기가 아니었다면 결코 쓰지 않을 글이었다.

나는 절대 어두운 사람을 주인공으로 등장시키지 않는다. 누아르 같은 분위기의 글도 싫어하고, '메마른 흙냄새'나 '구겨진 가죽점퍼', '핏빛 기운' 같은 단어도 쓰지 않는다. 내 글이 서부극 분위기가 된 것은 순전히 J에게 빙의했기 때문이다.

그렇다면 윤성희로 빙의한 아이는 어떤 글을 썼을까? 몇 줄만 읽어봐도 아이들이 내 이미지를 어떻게 생각하고 있는지 알 수 있었다.

화르륵. 부드러운 온기, 따뜻한 향기가 내 주변에 맴돈다. 조용하지만 포근한 노랫소리가, 눈보라 때문에 감긴 눈을 뜨게 했다. 눈을 뜨자 보인 것은 통나무로 잘 지어진 집이었다. 주변을 살피며 잠시 서 있을 때 터벅터벅 발소리가 가까워졌다. 고개를 들어보니 얼굴이 보였다. 사내는 그녀의 얼굴을 본 순간 운명이라는 것을 느꼈다.

아이들에게 나는 '부드러운 온기'를 지닌 사람이며, '따뜻한 향기'가 나는 글을 쓰고, '조용하지만 포근한 노래'를 좋아하는 사람이었다. '눈보라'가 눈을 감게 해도 그 길에서 만난 사람을 '운명'으로 받아들일 만큼 낭만을 좋아하는 사람이기도 했다. 이 해석은 작가의 의도와 전혀 상관없이 내가 한 것이지만, 아이들이 나를 떠올리면서 이런 단어를 생각했다는 게 재미있었다.

이 시간을 통해서 내 글이 어떤 분위기를 가지고 있는가를 알게 됐다. 뿐만 아니라 그동안 쓰지 않았던 새로운 장르의 글을 써볼 수 있었다. 내가 완벽하게 빙의했느냐는 중요하지 않다. 시도하지 않았던 글을 쓰게 됐다는 것이 중요하다.

글을 쓰다 보면 한계에 부딪힐 때가 있다. 1년 전에 쓴 글과 어제 쓴 글과 오늘 쓴 글이 같은 글처럼 느껴질 때가 온다. 나는 왜 새로운 것을 쓰지 못하는지, 왜 내 글은 모두 비슷한지 고민하다 슬럼프에 빠진다. 그럴 때 빙의하여 쓰기를 하는 것만으로도 색다른 글을 쓸 수 있다. 나와 전혀 다른 문체를 가진 사람의 글을 읽고, 그가 되어 글을 쓰다 보면 의외의 성과를 거둘 수 있다. 내 글이 틀에 갇히는 것을 막을 수 있는 좋은 방법이다.

내 곁에 다른 영혼을 불러들이고 싶다면 맞잡은 손 사이에 연필을 꽂아놓고 분신사바를 할 게 아니라, 손에 펜을 쥐고 혹은 컴퓨터에 빈 화면을 띄워놓고 빙의할 사람을 불러보자. 같은 글만 반복하고 있는 내게 '새로운 글'이라는 영혼이 찾아올 것이다.

악당의 최후

메마른 흙냄새가 진동하는 황야의 마을. 한 무리의 사내가 지나간 뒤, 구겨진 가죽 점퍼를 걸친 사내가 나타났다. 거친 표정과 아무렇게 나 자란 수염, 일그러진 사내의 눈동자에서 불안한 기운이 새어 나오고 있었다. 순식간에 주변을 공포와 두려움으로 물들이는 사내의 핏빛 기운이 마을을 더 깊은 심연 속으로 밀어 넣는 것 같았다.

사내는 마을을 가로질러 산 밑에 있는 오래된 집으로 다가갔다. 반쯤 떨어져 나간 문을 열고 들어간 그는 기름때가 잔뜩 묻은 가방을 어깨에서 내려 바닥으로 던졌다. 가방은 퍽 소리를 내며 바닥에 떨어졌다. 사내는 마룻바닥에 누워 깍지 낀 손으로 베개를 만들어 누웠다. 금방이라도 무너질 것 같은 낡은 서까래에는 먼지가 가득 쌓여 있었고, 그 사이를 거미가 다니며 집을 짓고 있었다.

격자무늬 천장을 눈으로 따라가며 바라보던 사내는 까마귀 모양의 그림을 보다 시선을 멈췄다. 순간 그는 몸을 일으켜 찌든 때가 덕지덕지 묻은 배낭을 뒤졌다. 거기에서 꺼낸 것은 작은 수첩이었다. 조심스럽게 페이지를 넘기며 하나하나 살펴보던 사내는 마지막 빈 페이지를 한참 동안 살펴봤다. 그러더니 배낭 옆 주머니에서 카키색 펜을 꺼내 무언가를 그리기 시작했다. 음영 짙은 두 눈, 뼈가 드러날 듯 홀쭉한 뺨, 이마에 박힌 푸른 보석. 빠르게 손을 놀리는 사내의 모습은 신비로운 광채에 휩싸인 것 같았다. 광채는 순식간에 사라졌다. 사내가 손을 멈추었기 때문이다. 펜을 든 손을 그대로 멈춘 채 수첩에 시선을 고정한 사내의 눈에 눈물 한 방울이 또르르 흘러내렸다. 이제는 영원히 떠날 수 있다는 안도감이 그를 위로해주었기 때문일까? 사내는 수첩을 바닥에 내려놓고 긴 숨을 쉬었다.

이로써 위대한 악당의 삶은 끝이 났다. 언제나 마음속으로만 그리던 악당의 최후. 사내가 친애하는 악당 '미카고'의 삶은 이렇게 막을 내렸다. 삶의 목표이자 자극제이며 동력이었던 한 장의 그림이 이렇게 완성되었다. 사내는 낡고 오래된 집을 나오며 일곱 살의 세상과 작별했다.

3

자꾸 칭찬만 하지 마시고요,
저 뭐가 부족해요?

마음사전을 쓰라고요?

어휘가 부족할 때

2학기를 시작하는 날이었다. 아이들과 둘러앉아 한 학기의 커리큘럼을 만드는데 한 아이가 어휘력 공부를 하고 싶다고 제안했다. 한 학기 동안 글을 써보니 활용할 수 있는 단어가 몇 개 없다는 것을 알게 됐기 때문이란다. 책을 읽는 게 어휘력 향상에 도움이 되는 건 알지만 그게 쉽지 않다고, 혹시 다른 방법이 있다면 수업시간에 해보고 싶다는 의견을 주었다. 나는 반가웠다. 스스로 그런 깨달음을 얻었다는 게 기뻤고, 방법을 찾으려고 노력하는 마음이 예뻤다. 우리는 함께 해결책을 찾기 위해 먼저 '어휘력이란 무엇인가?'라는 이야기를 나눴다.

사전에서 '어휘력'을 찾아보면 '어휘를 마음대로 부리

어 쓸 수 있는 능력'이라고 나온다. 내가 표현하고자 하는 것을 알맞은 단어로 적확하게 표현할 수 있는 능력이라는 뜻이다. 어휘력을 향상시키려면 어휘 즉 단어를 많이 알아야 하는데, 그러려면 단어를 자주 접하는 방법밖에 없다. 책을 읽으면서 모르는 단어의 뜻을 찾고 하나씩 알아가는 방법이 있지만, 책을 읽는 것도 단어 하나하나의 의미를 찾는 것도 아이들에게는 쉽지 않은 일이었다. 이들에게는 품이 조금 덜 들고, 지루하지 않게 단어를 공부하는 법이 필요했다. 그래서 나는 '마음사전 만들기'를 제안했다.

내 마음대로 단어를 정의해 사전을 만들 수 있다는 것을 알게 된 건, 작가가 되고 싶어서 공부하던 시절이었다. 우연히 이외수 작가의 『감성사전』(동숭동, 1994)이라는 책을 읽었는데, 작가는 평범한 단어들을 자기만의 생각으로 정의하고 있었다. 처음에는 큰 충격을 받았다. 세상이 말하는 사전적 정의가 아니라 내 마음대로 단어를 정의할 수 있다는 게 놀라웠기 때문이다. 작가가 자신의 감성대로 정의한 단어를 따라 읽는 일은 매우 즐거웠다. 게다가 일반적인 사전의 정의보다 더 쉽고 깊게 마음에 배어들었다. 나를 가두고 있던 고정관념의 틀이 깨지는 순간이었다. 내가 생각한 대로 정의하는 사전이라면 나도 만들 수 있을 것 같았다. 나는 한동안 나의 '감성사전'을 만들었다.

나만의 사전을 만들면서 새로운 사실을 깨달았다. 내 시선으로 단어를 정의하는 것은 세상을 바라보는 또 하나의 눈을 갖게 된다는 것이다. 작가에게는 남들과 다른 눈으로 세상을 바라보는 것이 무척 중요하다. 나만 쓸 수 있는 글감을 갖게 되기 때문이다. 나는 아이들이 자신만의 생각으로 단어를 정의하면서 어휘력을 키우며 자신만의 시선으로 세상을 바라보는 법도 터득하기를 바랐다.

이런 마음을 담아 나는 아이들에게 '마음사전'을 함께 써보자고 제안했다. 아이들은 흔쾌히 수락했다. 사전 이름을 '감성사전'이 아닌 '마음사전'으로 정한 것은 감성이라는 단어보다 마음이라는 단어가 아이들에게 더 쉽게 느껴질 거라고 생각했기 때문이다. 감성사전이라고 하면 이성적인 생각을 닫고 감성적인 생각만을 열어야 할 것 같지만, 마음사전은 내 마음대로 쓸 수 있다는 의미처럼 느껴져 아이들에게 훨씬 쉽게 다가가리라 생각했다.

우리는 수업을 할 때마다 열 개의 단어에 새로운 뜻을 쓰기로 했다. 단어는 매 수업마다 순번을 정해 한 사람이 열 개씩 뽑아오기로 했다. 수업시간에 함께 무작위로 단어를 선정할 수도 있었지만, 즉흥적으로 떠올리는 것보다 단어에 대해서 한 번이라도 더 생각하고 시간을 내서 단어를 찾아볼 수 있도록 담당자를 정하기로 했다. 이렇게 시간을 주어도 어떤 아이는 수업시간 직전에 떠오르는 단어를 적어왔다. 이런 날은 평범한 단어가 칠판에 적혔다. 어떤 날은 책을 뒤적여 선정한 조금은 특별한 단어가 나왔는데, 이런 날에는 아이들이 '패스'를 많이 외쳤다. 열 개의 단어 중 세 개 이상만 쓰면 되는 규칙을 이용한 것이다. 나는 아이들에게 모든 단어를 다 정의해야 한다는 부담을 주고 싶지 않아서, 아무리 생각해도 정의 내리기가 어려운 단어들은 패스를 해도 된다는 규칙을 세웠다. 글을 쓰는 데 있어 정말 중요한 것은 쓰고 싶은 마음이 드는 것이기 때문이다. 아이들은 이 규칙을 참 잘 지켰다. 세 개도 세 개 이상에 속하니까.

각자 마음대로 정의한 단어를 노트에 다 적고 나면 내가 한 단어씩 읽는다. 첫 단어가 '추억'이라면 내가 '추억'이라고 읽고 단어를 쓴 아이들이 돌아가면서 자신이 쓴 정의를 소리 내서 읽는다. 소리 내어 읽는 이유는 서로의 생각을 공유하기 위해서다. 내가 단어에게 새로운 뜻을 부여해주는 것도 중요하지만, 다른 아이들의 생각을 듣는 일도 중요하기 때문이다. 같은 단어로 어떻게 다르게 정의했는지도 살펴보고, 내가 쓰지 않은 단어를 다른 친구들이 썼을 때는

목요일의 작가들

친구의 이야기를 들으면서 닫혔던 생각을 빼꼼 열어볼 수도 있다. 친구의 정의에서 힌트를 얻을 수 있는 것이다.

아이들과 썼던 단어 중에 몇 개를 꺼내보자. 추억과 지갑과 손톱이다. 아이들 마음속에 '추억'은 '현재가 힘들 때면 말을 거는 친구'이기도 했고, '사람과 물건에 묻어 있는 것'이기도 했다. 나에게 추억은 '너와 나의 시간이 저장되어 있는 시간 앨범'이었다. 아이들은 '지갑'을 '겉보단 속이 중요한 것', '한없이 얇고 가벼운 것'이라고 했고, 나는 '돈이나 카드 따위를 넣고 다니는 작은 가방. 여기에 붙은 브랜드로 사람을 평가하기도 함. 가끔 소중한 사람의 사진을 넣고 다니는 사람도 있음.'이라고 정의했다. '손톱'은 아이들에게 '쓸데없이 빨리 자라는 것'이 되었다가, '집중이 안 될 때 자꾸 찾고 만지거나 뜯게 되는 것'이 되었다가, '알록달록 물들일 수 있는 스케치북'이 되었다. 내게 손톱은 '손끝에 매달린 투명하고 딱딱한 물체. 날마다 조금씩 자라고 있지만 일정한 시간이 지나서야 자라고 있다는 걸 느끼게 되는 것'이었다.

아이들에게 더 많은 단어를 들려주기 위해서, 나는 열 개의 단어에 모두 새로운 뜻을 부여했다. 그들이 아무리 세 개만 정의하며 '세 개 이상'의 철칙을 지켜도, 나는 열 개의 단어를 모두 정의했다. 처음에는 아이들이 가져오는 단어에 열렬히 호응해주고 싶은 마음 때문이었는데, 나중에는 계속 세 개만 쓰는 아이들에게 어떤 어려운 단어를 만나도 내 마음대로 부릴 수 있는 순간이 온다는 것을 알려주고 싶었다. 어렵고 귀찮아도 꾸준히 쓰고, 쓰려고 노력하는 시간이 쌓이면 그 순간이 온다는 것을.

또 하나, 나는 아이들에게 '마음'에 다른 렌즈를 끼울 수 있다는 것도 알려주려고 노력했다. 모두가 '마음'에 초점을 맞추어 단어를 정의할 때, 거기에 '이별렌즈'를 끼우면 이별한 사람들이 공감할 수 있는 단어가 되고, '엄마렌즈'를 끼우면 엄마들이 공감할 수 있다는 것을 알려주고 싶었다. 어떤 렌즈를 끼고 세상을 바라보느냐에 따라서 세상은 시시때때로 달라 보이니까 말이다. 나는 연애에 관심이 많은 아이들을 위해서 종종 '이별렌즈'를 끼우고 마음사전을 썼다. 그래서 '눈물'은 '마음이 흘리는 피'가 되고, '기다림'은 '네가 와야 끝나는 것'이 되었으며, '택시'는 '어디든 원하는 곳에 내려주지만 네 앞엔 내려주지 않는 교통수단'이 되었다. (이 '이별렌즈' 덕분에 내 필명이 '이별클럽'이 되기도 했다.)

마음사전이 좋은 이유는 다양한 시선으로 단어를 바라보는 눈이 생긴다는 것도 있지만, 아이들이 사전을 검색해

목요일의 작가들

본다는 것도 있다. 아무리 내 마음대로 단어를 정의한다고 해도 단어가 갖고 있는 원래의 뜻을 제대로 알지 못하면 마음사전을 쓰기는 힘들다. 그래서 아이들은 친구들이 뽑아 온 열 개의 단어 중에서 자신이 쓰려고 하는 단어를 검색하고, 그 뜻을 파악한 후에 자기 마음대로 정의를 바꾼다. 그런 과정을 통해서 단어와 더 친밀해지고, 점차 그 단어를 마음대로 부리게 된다.

지금보다 더 많은 어휘를 알고 싶은데 책을 읽는 게 부담스럽다면 '마음사전'을 만들어보면 어떨까. 단어를 찾고 뜻을 파악하고 나만의 눈으로 새롭게 의미를 부여하다 보면, 단어와 친밀해지고 결국 단어와 단어가 숲을 이루고 있는 책도 펼치게 될 것이다. 책 읽기 싫다고 도리질을 치다 마음사전에 반해 결국 서점에 가서 책을 사고 독서를 시작했던 목요일의 작가들처럼.

서점에 가자고요?

글 쓰는 게 힘들 때

글쓰기 수업에 참여하는 아이들은 글을 잘 쓰고 싶다는 바람을 갖고 있다. 그래서 종종 내게 묻는다. "선생님! 글을 잘 쓰려면 어떻게 해야 하나요?" 그럼 나는 대답한다. "응, 방법은 하나야. 그냥 잘~ 쓰면 돼!" 웃자고 하는 이 말에 아이들이 큰 웃음으로 화답하면, 나는 글쓰기 비법에 대해 이야기해준다. 구양수(歐陽脩)가 누설했다는 비법을.

구양수는 중국 송나라 때의 문인이다. 그의 글이 얼마나 좋았는지, 사람들이 찾아와 어떻게 하면 글을 잘 쓸 수 있는지 방법을 물었다고 한다. 그때 구양수는 "삼다(三多)를 해야 한다."고 대답했다. 삼다는 '다독(多讀)', '다작(多作)', '다상량(多商量)'이었다. 많이 읽고 많이 쓰고 많이 생각하라는 것이다. 아이들에게 이 이야기를 전해주면 고개를 끄덕인다. 그러나 이 삼다법을 지키는 아이들은 별로 없다. 쓰는 것은 수업시간에 어쩔 수 없이 해야 하니 어느 정도 할 수 있지만, 책을 많이 읽고 생각을 많이 하는 것은 따로 시간을 내야 하는 일이기 때문에 쉽지 않다. 글을 쓰려면 생각을 해야 하니 수업시간에도 다상량을 할 수 있다고 믿는 아이들이 있다. 하지만 수업시간에 하는 생각만으로는 충분하지 않다. 교실에 앉아서 글 한 편을 쓰기 위해 하는 생각에는 한계가 있기 때문이다.

다상량과 다독이 어려운 아이들을 위해서 내가 선택한 방법은 서점에 가는 것이었다. 아이들에게 서점에 가자고 하면 아이들은 "왜 도서관이 아니라 서점이에요?"라고 묻는다. 다양한 책을 살펴보려면 도서관이 더 좋다고 생각하기 때문인데, 아이들 생각대로 서점보다 도서관에 더 많은 책이 있다. 그러나 도서관에 있는 책은 눈으로 보기가 쉽지 않다. 분야별로 책꽂이에 꽂혀 있기 때문에 표지가 아니라 책등을 봐야 한다. 책의 전체적인 분위기를 보려면 하나하나 일일이 꺼내서 살펴봐야 하는데, 책과 친하지 않은 아이들에게는 낯선 접근 방법이다. 게다가 조용한 도서관은 에너지가 넘치는 청소년들에게 조금 힘든 장소이기도 하다.

책과 친하지 않은 아이들에게 책을 알리려면 먼저 '구경'을 하게 해야 한다. 세상에 어떤 책이 있는지, 얼마나 많은 사람이 서점에 오는지, 책 한 권의 가격은 얼마인지……. 책을 둘러싸고 있는 분위기를 경험하게 하는 것이 중요하다. 서점에 가보지 않은 아이들이 있겠느냐고 할지 모르겠지만, 의외로 가보지 않은 아이들이 많다. 필요한 책은 인터넷으로 구입하는 게 보편화되어 있고, 그마저도 부모님이 대신 해주는 경우가 많기 때문이다. 서점이라는 문화를 접하게 하는 것만으로도 책과의 간극을 좁힐 수 있다.

나는 아이들과 서점에 가면 자유 시간을 준다. 아이들은 한 시간 남짓 서점을 탐험한다. 베스트셀러가 진열된 곳도 가보고, 분야별로 책을 분류해놓은 곳들도 하나씩 돌아본다. 그러다 눈에 들어오는 책이 있으면 펼쳐서 살펴본다. 표지도 보고 저자가 누군지도 보고 목차도 보고 편집 상태도 본다. 내용도 찬찬히 훑어본다. 그렇게 몇 권의 책을 눈으로 보다가 읽고 싶다는 마음이 들면 그 책을 들고 모이기로 한 장소로 온다. 어떤 아이는 영화에 관한 책을 들고 오고, 어떤 아이는 입양에 대한 책을 들고 온다. 소설을 들고 오는 아이도 있다. 그러나 아이들에게 가장 인기 있는 책은 에세이다. 그림과 글이 적절히 섞여 있는 에세이는 가독성이 좋기 때문이다. 어쩐지 글만 잔뜩 있는 책보다 쉽고 빠르게 읽을 수 있다는 것도 중요한 이유다.

아이들이 다 모이면 왜 그 책을 골랐는지 묻는다. 대부분 평소에 관심을 갖고 있던 분야이기 때문이라고 말한다. 유튜브로 접했다든가, 어디서 들었던 이야기와 관련이 있다든가, 개인 프로젝트에 도움이 될 것 같다든가. 물론 '그냥 재미있어 보여서'라고 말하는 아이들도 있다. 오늘 처음 봤지만 표지가 마음에 들거나 제목이 확 끌려서 골랐다고 하는 아이들도 있다. 어떤 이유로든 한 권의 책을 골랐으면 됐다. 남이 강요해서 집어든 책이 아니라 스스로 한 권의 책을 선택했다는 게 중요하다.

아이들이 골라 온 책은 학교 예산이나 개인 비용으로 결제한다. 학교에 도서 구입비 예산이 있을 때는 예산으로 구입하고, 여의치 않을 때는 각자가 계산한다. 어떤 돈으로 구입하든 골라 온 책은 꼭 읽는 게 우리의 목표다. 누군가가 추천한 책을 읽는 것과 자신들이 스스로 선택한 책을 읽는 것은 다르다. 일단 내가 골랐다는 것에 책임감이 붙고, 왠지 읽어야 할 것 같은 마음이 든다. 실제로 많은 아이들이 스스로 고른 책을 잘 읽는다. 수업을 할 때마다 지난 일주일 동안 어느 부분을 읽었는지 공유하는 것도 책을 읽는 동기가 된다. 이를 공유하는 이유는 아이들이 책을 읽고 있는지 살펴보려는 의도도 있지만, 그보다 '간접 효과'를 누리기 위해서다. 각자 다른 책을 읽고 있기 때문에 책 내용을 나누면 마치 저 책을 나도 읽은 것 같은 효과를 볼 수 있다. 내가 알지 못하는 세계를 하나 더 만나는 기분이라고 할까? 친구들이 전하는 책 이야기를 들으면서 아이들의 머릿속에는 새로운 이야기보따리가 하나 더 생긴다. 머릿속에 새로운 정보가 방을 만들고, 그 방 안에 관련된 내용들이 차곡차곡 쌓인다. 그러다 언젠가 그 방에서 새로운 이야기가 싹트고, 한 편의 글이 되기도 한다.

책을 읽는 시간은 서점에 다녀온 뒤로 두 달 정도다. 빨리 읽어야 한다는 부담을 주지 않기 위해서 넉넉하게 시간을 주는데, 일주일 만에 다 읽는 아이도 있고 한 달 동안 천천히 읽는 아이도 있다. 물론 두 달이 지나도 다 읽지 못하는 경우도 있다. 책이 생각보다 어려웠거나 재미가 없었기 때문이다. 그래도 괜찮다. 책을 완독하면 완독한 대로, 완독하지 못했으면 못한 대로 자신의 이야기를 쓰면 된다. 책을 읽은 후 감상문을 써도 좋고, 서점에 가서 책을 구경하고 구입하고 읽는 시간을 가졌다는 서점 탐방기를 써도 좋다. 서점에 다녀왔다는 것만으로도 한 편의 글을 쓸 수 있다는 걸 알게 되는 게 중요하다. 서점에 가서 무엇을 보았는지, 내가 고른 책은 어떤 것이었는지, 나는 이 책을 어떻게 읽었는지 혹은 왜 다 읽지 못했는지를 돌아보면서 읽고 생각하고 써 보면서 글과 더 가까워질 기회를 만나면 되는 것이다.

삼다(三多)는 어느 날 갑자기, 불현듯 되는 것이 아니다. 한 권의 책을 읽고, 한 편의 글을 쓰고, 하나의 생각을 하며 시간을 쌓아야 가능해지는 일이다. 그러나 아이들은 얼마나 읽고 쓰고 생각하는 시간을 쌓아가고 있을까? 글 쓰는 법, 책 읽는 법, 생각하는 법만 가르칠 것이 아니라, 쓰고 읽고 생각할 시간을 아이들이 직접 쌓게 하면 어떨까? 그 첫걸음으로 '서점 가기'면 어떨까 싶다.

읽을 시간을 준다고요?

혼자 읽기 힘들 때

글을 쓰는 데 독서가 중요하다는 사실은 누구나 안다. 아이들도 알고 있다. 책을 읽으면 글쓰기에 큰 도움이 된다는 것을. 그러나 글쓰기가 좋아서 수업에 참여하면서도 스스로 책을 읽는 아이들을 만나는 일은 드물다. 아무래도 활자보다는 영상에 더 익숙한 세대이기 때문일 것이다. 그렇다고 글을 쓰겠다는 아이들에게 영상만 보게 할 수는 없어 나 나름대로 방법을 강구했다. 앞서 말했듯 서점에도 가고, 도서관도 가고, 개별적으로 읽을 만한 책도 추천했다. 그런데 아이들이 '책을 읽을 시간이 없다'고 했다. 유튜브 볼 시간에 한 페이지라도 읽으면 좋겠지만, 그것은 내 생각이다. 아이들은 시간이 남아도 책을 읽지 않는다. 그래도 독서가 글쓰기에 도움이 된다는 것을 알았는지, 수업시간에 책 한 권을 함께 읽었으면 좋겠다는 기특한 제안을 했다. 이런 제안을 거절할 이유는 없었다.

아이들이 추천한 책은 뜻밖에도 '고전'이었다. 고전이 좋다는 말은 익히 들어서 알고 있지만, 혼자서 읽으려니 엄두가 나지 않는다며 수업시간에 함께 읽자고 했다. 나는 격하게 환영했다.

'함께 읽기'를 시작하기에 앞서, 우리는 책을 선택하는 시간을 가졌다. 책은 모두가 함께 정하기로 했다. 먼저 각자 친구들과 읽고 싶은 책을 한 권씩 정하고 추천하는 이유를 설명했다. 그리고 후보에 오른 책에 번호를 붙이고 투표했다. 아이들은 『호밀밭의 파수꾼』, 『페스트』, 『노인과 바다』, 『모비딕』, 『폭풍의 언덕』, 『그리스인 조르바』, 『인간 실격』 등을 추천했고, 최종적으로 어니스트 헤밍웨이의 『노인과 바다』가 선택되었다.

여러 작품 중에 『노인과 바다』가 선택된 이유는 무엇이었을까? 일단 책의 두께가 얇다는 이점이 있었고, '헤밍웨이'라는 이름이 어디선가 들어본 듯 익숙한 덕분도 있었다. 거기에 각종 매체에서 패러디가 되었다는 점도 아이들에게 친숙한 이미지로 다가왔다. 우리는 민음사에서 출간한 책으로 함께 읽기를 시작했다.

함께 읽기는 읽는 부담을 없애기 위해 한 학기 동안 진행하기로 했다. 그래서 한 학기 수업 차시에 맞춰 페이지를 나눴다. 당시 수업이 10차시까지였으므로 한 수업당 열다섯 쪽에서 스무 쪽 정도를 읽기로 했다. 처음에는 수업시간에 책을 함께 읽을까 했는데, 그럼 글 쓰는 시간이 줄어드니 집에서 읽어 오겠단다. 그래서 매주 정해진 분량을 각자 읽으면서 마음에 드는 문장에 밑줄을 긋고, 떠오르는 생각들을 책의 빈 공간에 메모해 오기로 했다. 그리고 수업시간에는 글을 쓰기 전 읽은 부분에 대해서 이야기를 나누기로 했다.

우리는 책의 본문을 읽기 전에 작가 연보부터 읽었다. 『노인과 바다』가 헤밍웨이의 삶과 철학을 가장 많이 반영한 작품이라고 평가되기 때문이다. 작가 연보를 통해 그가 어떤 삶을 살았는지 먼저 살핀 후에 노인의 삶 속으로 들어갔다. 함께 읽기가 시작된 후 수업의 문은 늘 『노인과 바다』가 열었다. 책을 읽으며 생각한 것들을 나누며 수업을 시작했기 때문이다. 아이들의 소감에 따르면 처음에는 지루했던 내용이 어느 순간 궁금증을 유발해 페이지를 넘기고 싶은 충동에 사로잡힐 때도 있었다고 한다. 그러나 아이들은 궁금증을 참아야 했다. 아무리 뒷이야기가 궁금해도 정해진 분량만을 읽기로 약속했기 때문이다. 아이들은 이렇게 정해진 페이지를 읽으면서 '읽는 재미'를 느꼈다고 고백했다. 책 한 권을 천천히 읽으면서 마음에 닿은 문장에 밑줄도 쳐보고, 그 문장에 대해 생각도 해보면서 깊이 있게 읽을 수 있었다고 말이다.

우리는 『노인과 바다』를 완독한 다음 〈헤밍웨이 인 하바나〉를 보았다. 이 작품은 헤밍웨이가 하바나에서 어떤 생활을 했는지 알 수 있는 다큐 영화로, 『노인과 바다』를 이해하는 데 도움이 되는 작품이다. 이 영화까지 함께 관람한 후 우리는 각자 책에 대한 감상문을 썼다. 아이들의 총체적인 평은 '지루하다'였다. 노인이 고기를 잡으려고 바다에서 사투를 벌이는 모습이 끊임없이 나와서 지루했다는 것이다. 그러나 다른 친구들의 느낌 나눔을 통해서 새로움을 발견한 아이들도 있었다. '나라면 절대 하지 못했을 해석들이 새로운 생각을 낳게 했다.'고 말한 아이도 있고, 소년과 산티아고를 보면서 『나의 라임 오렌지나무』 속 제제와 뽀르뚜가 아저씨를 떠올린 아이도 있었다. 그런가 하면 손 피부가 벗겨지고 피가 철철 나는데도 고기 잡는 것을 포기하지 않은 노인을 보면서, "난 아직 죽지 않았어."라고 외치며 자신의 존재감을 증명하려고 하는 노년층을 생각한 아이도 있었다.

나는 『노인과 바다』를 읽으면서 '삶'에 대해 생각했다고 말했다. 산티아고가 지나간 과거에 연연해하는 것처럼 보여도 그는 현실에 발을 딛고 있는 사람이며, 하루하루를 열심히 살아내는 것이 인생이라고 말해주고 있다고.

청소년이 고전을 재미있게 읽어내는 것은 흔한 일이 아니다. 그래도 함께 읽기를 통해서 한 권의 고전을 읽은 아이들은 보람차다고 했다. 그 느낌이 평가서에 고스란히 적혀 있었다. 글쓰기 수업은 한 학기를 마치면 각자 평가서를 작성하는데, 『노인과 바다』를 읽었던 그 학기에 한 아이가 이런 말을 적었다.

손이 잘 안 가는 고전소설을 수업에서 읽은 것이 정말 다행이라고 생각한다. 함께 읽고 생각을 나누는 것도 좋았지만, 작가와 이 책에 대한 배경을 들을 수 있어서 가장 좋았다. 작가가 어떻게 살아왔는지, 책 속 인물들은 누구를 모티브로 했는지, 이 책을 쓰고 작가가 어떤 상을 받았는지 등 책과 작가에 대한 다양한 이야기 덕분에 책을 끝까지 읽을 수 있었던 것 같다. 작가를 다룬 영화를 함께 봤던 시간도 정말 좋았다.

목요일의 작가들

'함께 읽기'를 하면 '깊이 읽기'도 가능하다. 한꺼번에 쭉쭉 읽지 않고 분량을 나누어 천천히 읽으며 서로의 느낌을 공유하면 생각이 더 넓고 깊어진다. 꼭 고전만 함께 읽을 필요는 없다. 이 책을 읽고 난 다음 해에는 아이들과 에세이를 읽었다. 박완서 작가의 『모래알만 한 진실이라도』(세계사, 2020)였다. 이 책은 600편이 넘는 작가의 산문을 추려 35편을 실은 책인데, 70년대와 80년대에 쓴 글이 많아 아이들이 이해하기 어려운 부분이 있었다. 그래서 수업시간에 한 꼭지씩 같이 읽은 다음 15분 정도 각자 읽고, 마음에 드는 문장에 밑줄을 긋고, 이해가 되지 않는 부분을 체크했다. 아이들은 자신이 접하지 못했던 문화를 신선하게 생각했다. 공중전화 카드를 사용하거나, 환경미화원이 쓰레기를 수거하러 리어카를 끌고 온다거나, 눈 내린 길 위에 연탄을 깨놓는 등 요즘 세대 아이들이 경험하지 못한 내용이 책 속에 있었기 때문이다.

이런 부분은 내가 설명했다. 10원짜리 동전 두 개를 넣고 전화를 했던 시절의 이야기부터, 카드를 넣고 하염없이 전화를 할 수 있었던 시절의 이야기까지. 또 지금이야 분리수거를 하지만 내가 어릴 때만 해도 담벼락에 붙은 쓰레기통에 모든 쓰레기를 한꺼번에 넣었다고 말이다. 그리고 눈

내린 길 위에 연탄을 깨놓았던 일을 말하면서 안도현 시인의 「연탄 한 장」이라는 시도 읽어주었다. 이런 과정을 통해서 아이들은 간접 경험을 하게 되고, 자신들도 모르는 사이에 부모님 세대의 문화를 접하며 서로의 간극을 좁혀간다.

함께 읽기의 힘은 크다. 어떤 책이든 함께 읽으면 혼자 읽을 때보다 더 풍성한 이야기를 수확할 수 있다. 같은 문장을 다르게 해석하는 새로움, 내가 밑줄 친 부분에 다른 친구도 밑줄 쳤다는 반가움, 포기하지 않고 끝까지 읽었다는 완독의 기쁨, 작가의 삶을 더 면밀하게 들여다봤다는 깊음을 얻을 수 있다. 책을 가까이하지 않는 아이들에게 읽으라고 말만 할 게 아니라 함께 읽는 시간을 가져보는 건 어떨까? 고전이든 에세이든 만화든 상관없다. '함께 읽는 기쁨'을 누릴 수 있다면!

글을 발로 쓰라고요?

새로운 아이디어가 필요할 때

'글은 엉덩이가 쓴다'는 말이 있다. 어떤 글이든 엉덩이를 붙이고 앉아서 써야 한다는 의미다. 맞는 말이다. 아무리 쓸 거리가 많아도 진득하게 앉아서 쓰지 않으면 글이 되지 않으니까. 하지만 엉덩이에게 글을 맡기기 전에 발이 먼저 글감을 가져와야 한다. 넓은 세상을 돌아다니며 무엇이든 보고 듣고 만지고 생각하는 경험을 먼저 해야 한다.

지금은 터치 한 번에 다른 세상과 연결되는 세상이지만, 발로 돌아다니면서 경험하는 것과는 다르다. 교실에 앉아 자료를 찾는 것보다 밖으로 나가서 보고 듣고 만지고 느끼면 훨씬 다양한 아이디어가 떠오른다. 그래서 아이들에게 새로운 아이디어가 필요하다고 느껴질 때는 밖으로 나간다. 전시회를 가거나, 인사동이나 명동 혹은 전쟁기념관, 책거리 등을 찾아간다. 물론 이 장소도 아이들과 함께 정하는데, 우리는 이 수업을 '외부 글쓰기'라고 부른다.

처음 외부 글쓰기를 하러 갔던 곳은 인사동이었다. 수업시간에 맞춰 아이들과 안국역에서 만났다. 인사동을 돌면서 각자 글감을 찾기로 했는데, 함께 걸을지 아니면 혼자따로 다니며 원하는 곳을 볼지를 결정해야 했다. 아이들은 함께 다니는 것을 선택했다. 안국역에서 출발한 우리는 인사동 골목골목을 누볐다. 크고 작은 갤러리에 들어가 전시도 보고, 쌈지길을 걸으며 다양한 숍도 구경하고, 전 세계에 매장이 있는 카페의 간판이 영어가 아닌 한글로 되어 있는 것도 보았다. 그리고 골목길을 걸어 조계사도 들렀다. 대웅전을 돌아보고 그 앞에 있는 회화나무도 보고 마당에 서 있는 탑도 보았다. 그리고 마침 사람들이 구워서 팔고 있는 국화빵도 사 먹었다. 마지막으로는 조계사 옆에 있는 서울 우정총국에 들러 전시품들을 살펴봤다.

명동에 가기로 한 날은 을지로입구역에서 만났다. 을지로에서 명동 쪽으로 되짚어 올라가기로 했기 때문이다. 코로나19가 한바탕 휩쓸고 간 탓에 명동의 상점은 텅 빈 곳이많았다. 평소라면 관광객으로 발 디딜 틈이 없어야 할 거리가 한산했다. 우리는 예전 같지 않은 명동을 한 바퀴 둘러본 후 청계천을 따라 걸었다. 그러다 서점을 만나 잠시 책을 살펴보는 시간도 가졌다. 그리고 햄버거를 먹고 헤어졌다.

전쟁기념관이 수업 장소가 되었을 때는 삼각지역에서 만났다. 기념관 입구는 생각보다 멀었다. 길을 잘못 들어서 조금 돌아간 탓이었다. 여기에서는 각자 원하는 곳에 들어가 살펴보고 만나기로 한 시간까지 돌아오기로 했다. 흩어진 우리는 혼자서 전쟁기념관을 돌았다.

인사동이든 명동이든 전쟁기념관이든, 돌아다니면서 우리가 할 일은 한 편의 글을 완성할 글감을 찾는 것이었다. 다음 시간에 그 글감을 이용해 글을 써야 하기 때문이다. 누군가는 이게 놀러가는 거지 무슨 글감 찾기냐고 할지 모르겠지만, 아이들은 글감을 찾아온다. 그것도 (아이들 표현을 빌려) '신박한' 글감을 말이다.

인사동에 관한 글을 쓸 때는 갤러리에서 본 작품을 글감으로 가져온 아이도 있었고, 태어나 처음 가본 인사동에 대한 전체적인 느낌을 쓴 아이도 있었다. 조계사에 대한 자료를 조사해서 한 편의 글을 완성한 아이도 있었고, 시간 여행을 떠나 조선시대의 인사동에 대해 쓴 아이도 있었다.

명동에 갔을 때는 더 신박한 글이 나왔다. 나뭇잎으로

뒤덮인 '네이처리퍼블릭' 건물을 다른 세계와 연결하는 통로로 구성한 아이가 있었다. 『해리포터』에 나오는 9와 4분의 3 승강장처럼, 그 아이의 글에서는 나뭇잎으로 뒤덮인 건물이 마법사의 세계로 들어가는 통로가 되었다. 또 어떤 아이는 곧 철거될 것처럼 위태롭게 서 있던 건물을 보고 스릴러를 썼고, 어떤 아이는 햄버거 가게에서 햄버거를 먹은 이야기를 썼는데 주인공이 햄버거였다. 햄버거의 시점에서 인간을 바라보는 글을 쓴 것이다.

아이들은 전쟁기념관에서도 다양한 글감을 찾아왔다. 학도병의 모자를 보고 학생 신분으로 한국전쟁에 참여했던 사람의 이야기를 썼는가 하면, 기념관 입구에 전시되어 있던 초등학생들의 평화 관련 그림을 보고 글을 쓴 아이도 있었다. 전쟁에 참전하기 위해서 집을 나서는 형의 이야기를 동생의 시점에서 쓴 아이도 있었고, 전투기에 대한 자료를 조사해 한 편의 글을 쓴 아이도 있었다. 이런 글은 교실에만 있었다면 결코 나올 수 없는 글이다.

물론 거리로만 나가지 않는다. 때로는 전시회를 찾아가고 영화를 보기도 한다. 〈미술이 문학을 만났을 때〉를 보며 그림과 문학의 관계를 이해하고, 가장 인상 깊었던 작품을 이용해 글을 쓰기도 했다. 〈마일즈 알드리지 사진전〉을 보면서는 마음에 드는 작품을 하나 골라 그 작품과 어울리는 노래를 엮어서 글을 썼다. 책으로 먼저 출판된 후 영화로 나온 〈완득이〉나 〈레 미제라블〉을 보고 감상문을 쓰기도 했고, 국립고궁박물관에 가서 물건에 깃든 사연을 찾아보는 작업도 했다.

거리로 나가든 어떤 공간으로 들어가든 아이들은 글감을 찾아야 한다는 마음으로 그곳을 둘러본다. 그냥 구경하듯 산책하는 것이 아니라 어떤 글감으로 글을 쓸 수 있는지 자신만의 안테나를 세우고 생각의 전파를 보낸다. 그러다 스파크가 일어나는 것을 잡아채 글을 쓴다. 어떤 곳을 돌아보든 글감을 찾겠다는 마음을 가지고 돌아보는 것과 그냥 돌아보는 것은 완전히 다르다. 산책하듯 구경하는 마음으로 다니면 모든 것이 흘러간다. 그냥 있어야 할 곳에 모든 것이 있어 보일 뿐이다. 그러나 내가 여기에서 무언가를 찾아보겠다는 관찰자의 마음으로 주변을 둘러보면 새로운 것이 보인다. 발견을 재발견하는 기쁨을 맛보는 것이다.

이렇듯 밖에서 글감을 찾으면 그다음 주에 교실에 모여 글을 쓴다. 가끔 오늘 만난 글감으로 집에서 글을 써 오겠다는 의지를 보이는 아이들이 있는데, 그럴 때는 다음 시간에 완성된 작품을 들고 오기도 한다. 수업시간에 쓰든 숙제로

해 왔던 완성된 아이들의 글은 함께 돌려 읽는다. 같은 공간에 머물면서 다른 친구들은 어떤 생각을 했는지 공유하기 위해서다. 아이들은 친구의 글을 읽고 나면 감탄한다. 똑같은 공간에 머물렀는데 생각이 이처럼 다를 수 있다는 것에 놀라워하면서. 간혹 같은 소재로 글을 쓰는 아이들도 있는데, 소재만 같을 뿐 전혀 다른 흐름의 글이 나오기 때문에 그 또한 신기해한다. 그러면서 글은 발이 쓴다는 것을 깨닫는다. 경험이 중요하다고 백번 말하는 것보다 이렇게 경험을 하게 하는 것이 훨씬 도움이 된다.

친구들과 함께 밖에서 글감 찾는 연습을 한 아이들은 때때로 혼자서도 글감을 찾으러 다닌다. 집에서 학교로 오는 길에서, 친구를 만나러 가면서, 학교에서 단체로 여행을 가서 글감을 찾는다. 눈에 보이는 모든 풍경, 귀에 들리는 모든 소리를 예사롭게 흘려보내지 않는다. 세상에 존재하는 모든 것이 나의 글감이 된다는 것을 깨닫고 발로 글을 쓰기 시작하는 것이다.

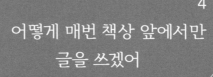

4

어떻게 매번 책상 앞에서만
글을 쓰겠어

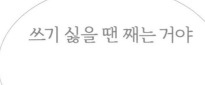

쓰기 싫을 땐 째는 거야

그네 타며 시 쓰기

햇살이 적당히 따사롭고, 바람이 적당히 부드럽고, 가슴에 '어디로든 떠나고 싶다'는 갈망이 생기는 날은 조심해야 한다. 그렇지 않으면 이런 날에는 교실에 앉아 글을 쓰기가 힘들다는 아이들의 투덜거림을 이길 수가 없다.

대개 이런 날은 봄이나 가을에 찾아온다. 차갑던 마음에 온기가 들고, 뜨겁던 마음에 바람이 이는 계절 말이다. 이렇게 아름다운 계절에 네모난 교실에 앉아 네모난 노트북을 열고 네모난 키보드를 두드리는 일은 낭만적이지 않다. 그러나 어쩌랴. 나는 선생이고 수업을 해야 한다. 그해 가을에도 나는 팔랑대는 마음을 부여잡고 '나는 선생이다'를 되뇌며 학교로 들어서는 문을 열었다. 그런데 아이들이 우르르 뛰어나와 외쳤다. "선생님, 우리 야외 수업 해요. 날이 너무 좋아요!" 아름다운 계절은 아이들 마음에도 바람을 잔뜩 넣어버린 모양이다. 그럼 어쩔 수 없다. 계절이 이끄는 대로 갈 수밖에.

아이들과 함께 근처 공원으로 나갔다. 학교 근처에 어린이대공원이 있어 가능한 일이었다. 다른 수업시간에도 공원을 오갔던 아이들은 돗자리를 들고 앞장서 걸었다. 나는 아이들을 따라 걸으며 계절을 만끽했다. 청명한 하늘도 보고, 이제 막 물들기 시작한 나뭇잎도 보고, 선생님 손을 잡고 쪼르르 걸어가는 유치원 꼬마들도 봤다. 그러는 사이 아이들은 돗자리를 펼칠 장소를 물색했다. 오늘은 놀이터 가까운 곳에 자리를 잡았다.

돗자리를 펼치고 그 안에 들어온 아이들은 옹기종기 모여 앉는다. 그리고 오늘의 미션을 기다린다. 우리가 여기에 온 이유를 너무나 잘 알고 있는 까닭이다. 우리는 수업을 땡땡이치려고 나온 게 아니다. 진짜 야외에서 수업을 하려고 나온 것이다. 수업 주제는 무엇으로 할까 고민할 필요도 없다. 오늘은 시 쓰기 좋은 날이니까. 근처에 유치원 꼬마들도 지나다니고 옆에 놀이터도 있으니 동심으로 돌아가 동시 한 편을 써도 좋겠다 싶다. 나는 아이들에게 시를 쓰자고 제

목요일의 작가들

안했고, 아이들은 흔쾌히 동의했다. 세상에서 가장 쓰기 쉬운 글이 시라고 생각하기 때문이다. 짧으면 무조건 쉬운 줄 안다. (그러나 언젠가 알게 되리라. 시 쓰는 게 세상에서 가장 어려운 일이라는 걸!)

수업이 끝나기 전까지 시 한 편을 제출하는 것이 오늘의 목표다. 아이들은 글감을 찾기 위해 공원을 누빈다. 돗자리에 눕기도 하고, 바닥에 떨어진 나뭇가지를 옮겨보기도 하고, 나뭇잎으로 무언가를 만들기도 한다. 친구들과 얼음땡도 하고, 그네를 타면서 하늘 가까이 가보기도 한다. 나무와 나무 사이를 하릴없이 걷는 아이도 있다. 물론 바로 노트를 펼쳐 쓱쓱 무언가를 적는 아이도 있다.

나는 원래 수업 준비에 철저했다. 아이들에게 꼭 필요하다고 생각하는 것을 수업 계획에 넣었고, 되도록 재미있게 수업하려고 노력했다. 그래서 수업 계획을 꼼꼼하게 세웠고, 분 단위로 교안을 썼으며, 준비한 모든 것을 아이들에게 전달하려고 노력했다. 그래야 선생으로서 의무를 다하는 것이라고 생각했다. 그러나 언제나 수업은 내 마음처럼 흘러가지 않았다. 자체 휴강을 선택하는 아이들로 인원 변동이 심했고, 오르락내리락하는 아이들의 감정 기복으로 수업 분위기가 자주 바뀌었다. 준비한 것을 모두 쏟아부을 수 없는 상황이 반복되면서 마음이 힘들었다. 나는 가르칠 수 없는 사람이라는 절망에 휩싸여 휘청거리기도 했다. 언젠가 이런 고민을 털어놓았을 때 동료 교사가 말했다. 준비한 것을 백 퍼센트 다하지 않아도 된다고, 아이들과 함께하는 것만으로도 충분하다고.

그때부터였을 것이다, 수업에서 어떤 지식을 가르쳐야한다는 강박을 내려놓기 시작한 것은. 어차피 글은 지식만으로 쓸 수 있는 것도 아니니 가르쳐야 한다는 강박에서 벗어나보기로 했다. 그랬더니 비로소 보였다. 글쓰기 수업에서 지식보다 더 중요한 것은 공감이란 것이. 아이들의 마음을 읽고, 그들과 같은 곳을 바라보고, 같은 길을 나란히 걸어가는 것이 글쓰기 선생이 할 수 있는 전부라는 것이.

덕분에 이젠 아이들과 야외 수업을 나와도 마음이 편하다. 이렇게 공원에 나와 시를 쓰고, 벤치에 앉아 책을 읽고, 골목길을 어슬렁거리며 이야기를 찾아 헤매도 충만한 수업을 했다고 생각한다. 그것은 나만의 생각이 아니다. 수업이 끝날 때쯤 노트에 정성껏 시를 적어내는 아이들이, 공원 벤치에서 눈물을 뚝뚝 흘리며 책을 읽는 아이들이, 골목에 깃든 어떤 이야기를 찾아내 나에게 들려주는 아이들이 그렇다고 말해준다. 글은 교실에서만 쓰는 게 아니라고. 책상 앞에서만 멋진 글이 나오는 게 결코 아니라고.

계절이 이끄는 대로, 마음이 가자고 하는 대로 걸음을 옮기는 아이들을 통해 배운다. (교실에서) 쓰기 싫을 때 (야외 수업하며) 째는 방법을.

좋은 글은
수다에서 시작되지

문학수다방 열기

교실에서 글 쓰기는 싫은데 야외 수업도 나갈 수 없는 날이 있다. 너무 춥거나 더워 바깥에서 수업을 하기가 힘든 날이 그렇다. 더러는 날이 참 좋은데도 아이들이 나가는 게 귀찮다며 엉덩이를 붙이고 앉아 옛날 이야기를 해달라고 조르는 날도 있다. 이런 날은 '문학수다방'을 열어야 한다. 이미 '입'으로 글을 쓰겠다고 마음먹은 아이들에게 손으로 글을 쓰라고 한들 좋은 작품이 나오지 않기 때문이다.

문학수다방은 의식의 흐름대로 이야기를 나누는 시간이다. 그렇다고 아무 이야기나 하지는 않는다. 글쓰기와 관련된 이야기들 그러니까 책이나 작가나 문학사, 역사에 관한 이야기들을 나눈다. 아이들을 이야기 더미 속으로 끌어들이는 첫 번째 방법은 요즘 읽고 있는 책이 무엇인지 묻는 것이다. 그럼 아이들은 웹 소설을 소개하기도 하고 판타지 소설에 대해 장황하게 설명하기도 한다. 그 이야기를 듣다가 궁금한 것이 있으면 묻는다. 요즘 어떤 작품들이 대세인지, 그 작품들을 읽으면서 어떤 느낌이 드는지. 아이들은 젊은이들의 문화를 알아가려는 선생에게 친절하게 대답해준다. 그러다 한 아이가 최근에 문학작품을 읽었다고 말하면 우리는 바로 문학 이야기로 넘어간다.

언젠가 한 아이가 『호밀밭의 파수꾼』을 읽었는데 이 책이 왜 유명한지 모르겠다는 이야기를 했다. 주인공 홀든의 마음을 이해하기 어렵고, 무엇보다 재미가 없다고 했다. 그래도 꾸역꾸역 읽었는데 다 읽고 난 후에도 감흥이 없다고 했다. 책을 읽은 친구가 또 있는지 물었다. 두어 명이 더 있었는데 그 아이들도 그닥 재미있는 책은 아니었다고 말했다. 반면 나는 이 책을 무척 재미있게 읽었다. 먼 미래가 아니라 '지금'에 충실한 홀든의 삶을 이해할 수 있었기 때문이다. 그래서 아이들에게 내가 이해한 홀든에 대해서 이야기했다. 그는 먼 미래보다는 지금 이 순간이 중요한 사람이었을지 모른다고. 그동안 내가 학교에서 만난 여러 홀든에 관한 이야기를 전했다. 어떤 홀든은 계속해서 방황했고, 어떤 홀든은 방황을 끝내고 어딘가에 안착했으며, 어떤 홀든은 이것이 방황인지조차 몰랐다고. 그러나 시간은 이들을 성장하게 했고, 수많은 홀든은 조금씩 조금씩 자라났다고. 그리고 덧붙였다.

"쌤도 가끔은 홀든이 되고 싶어. 그냥 맘 내키는 대로 막 살고 싶지. 하지만 어른이니까 그냥 참는 거야. 어른이 된다고 홀든처럼 살고 싶은 마음이 사라지는 건 아니야. 그냥 자제력이 조금 더 생기는 것뿐이지. 오늘도 그 자제력이 발동하지 않았으면 나는 지금 이 자리에 없을걸!"

아이들은 큰 소리로 웃었다. 아마 어른도 별거 아니라는 생각을 했을지도 모르겠다.

한참 홀든에 대해 이야기하다가 '번역'으로 넘어갔다. 아무래도 외국 작품을 번역한 거라 그런지 읽는 게 더 힘들었던 것 같다고 했다. 나는 같은 작품이라도 누가 번역했느냐에 따라서 책을 읽는 속도가 빨라지기도 하고, 그렇지 않기도 하다고 했다. 내가 경험했던 '읽기 힘들었던 책'과 '읽기 편했던 책'을 비교해서 이야기해주고, 번역된 작품을 고를 때는 번역가를 잘 봐야 한다고 귀띔도 해주었다. 『호밀밭의 파수꾼』도 여러 판본으로 나와 있어서 번역된 문장들이 다르다고, 같은 단어를 놓고도 번역하는 사람마다 다른 해석을 한 경우도 있다고 말이다.

이제 이야기는 저자인 제롬 데이비드 샐린저에게 닿았다. 샐린저는 『호밀밭의 파수꾼』을 쓴 뒤 독자들의 많은 사랑을 받았지만, 아무도 찾지 못하는 곳으로 숨어버렸다. 사생활이 언론에 노출되는 것을 극도로 꺼려 했고, 출판사에서 자신의 사진을 책에 넣으려고 했을 때도 강력하게 반대했다고 한다. 40년이 넘는 세월 동안 은둔 생활을 하던 샐린저가 다시 주목받은 것은 경매에 나온 편지 때문이었다. 샐린저가 한때 사랑했던 여성에게 보낸 열네 통의 편지가 경매에 나온 것이다. 은둔 작가의 오래된 연애편지에 대한 반응은 실로 뜨거웠고, 한화로 2억여 원에 낙찰되었다. 그러나 이 편지가 세간의 주목을 받은 이유는 낙찰된 편지가 모두 샐린저에게 다시 돌아갔다는 것이다. 이 편지를 구입한 기업가가 처음부터 샐린저의 사생활을 보호해주고 싶어서 경매에 참여했기 때문이다.

나는 아이들에게 샐린저의 편지 이야기를 하면서 부탁을 하나 했다. "나중에 쌤이 쓴 편지가 경매에 나오면, 내 사생활 보호를 위해서 너희가 꼭 낙찰을 받아달라"고. 아이들은 그러겠다며 약속했는데, 다시 나에게 되돌려주지는 않겠단다. 자신들이 갖고 있다가 내가 죽으면 더 비싸게 경매에 내놓을 거란다. 하, 의리 없는 녀석들!

우리의 이야기는 엄청나게 많은 편지를 썼던 조선시대 정조 이야기로 넘어가고, 그가 쓴 비밀 편지가 발견되어 학계가 발칵 뒤집어졌다는 소식으로 이어졌다. 그러다 정조가 사랑했던 정약용 이야기로, 정약용이 유배지에서 쓴 편지로 넘어갔다. 유배지에서 두 아들에게 편지를 쓰면서 책을 읽으라고 사정하고 또 사정했던 이야기로 이어졌다가 결국에는 "독서는 중요하다!"는 이야기로 마무리되었다.

어떤 날은 장 폴 사르트르의 「닫힌 방」을 읽었다는 아이의 고백이 사르트르와 보부아르의 '계약결혼'으로 이어지고, 시몬 드 보부아르가 쓴 『제2의 성』으로 연결되었다. 그러다 그 시대에 함께 활동했던 알베르 카뮈가 등장했고, 그의 작품인 『페스트』에 대해 이야기를 나누다가 그때나 지금이나 감염병을 대하는 사람들이 태도는 비슷하다는 것에 함께 놀랐다. 그리고 모든 인간사는 역시 문학작품 속에 있다고, 그러니 우리 모두 글을 잘 써야 한다고 훈훈하게 마무리하기도 했다.

문학수다방은 어떤 소재로 이야기를 시작하든 마무리는 글쓰기 수업과 연결된다. 그러나 표면상 책이나 글로 마무리될 뿐, 이 시간 동안 아이들과 내가 자유롭게 쏟아낸 이야기들은 우리 삶에 자양분이 된다. 수다처럼 펼쳐놓은 이 야기에서 문학에 관심을 갖게 되고, 조선시대에 살았던 한 사람에 관한 이야기가 역사에 관심을 갖게 되는 계기가 된 다는 것을 아이들의 삶이 증명해주고 있기 때문이다. 그러 나 이 자양분의 효과는 바로 나타나지 않는다. 그래서 남들 눈에는 우리가 수업을 하지 않고 땡땡이를 치는 것 같겠지 만, 아이들을 성장시키는 땡땡이라면 권장해야 한다. 그 효 과를 몇 년 후에나 볼 수 있다는 함정이 있지만, 함정에 빠 지고 다시 헤어 나오는 것이 인생이고 문학이니까. 우리는 문학의 힘을 믿으니까.

사연 없는 사물이
어디 있겠어

골목에서 생각 찾기

글은 어떤 특별한 소재만 가지고 쓰는 게 아니라 내 주변이나 일상에서 찾은 소재로 쓸 수 있다는 걸 실감하는 데 '골목에서 생각 찾기'만큼 좋은 것이 없다. 수업 초기에는 일상에서 글감을 찾기 위해 집에서 학교까지 오는 길을 묘사하는 시간을 가졌다. 아이들에게 집을 출발해 학교까지 오면서 본 것들을 잘 기억하라고 한 후, 교실에 앉아 쓰게 했다. 아이들이 어떤 것들을 관찰하고 있는지 스스로 알아차리게 하고 싶어 선택한 작업이었다. 그런데 이 작업은 성과가 없었다. 집에서부터 학교에 오는 동안 아이들이 본 것이라고는 휴대폰밖에 없었기 때문이다. 휴대폰 화면에 두 눈을 모은 아이들에게 지하철역의 풍경과 버스 옆에 앉은 사람의 모습과 학교로 이어지는 골목의 모습은 들어오지 않았다. 그래서 학교까지 오는 길은 한 편의 글이 되지 못했다. 나는 어떻게 하면 좋을까 고민하다 아이들을 데리고 밖으로 나갔다. 우리 주변에 얼마나 많은 이야깃거리가 있는지 알려주기 위해서.

수업을 하던 학교는 주택가에 있었다. 건물을 나가 도로를 따라 올라가다 보면 골목으로 빠지는 길들이 옆으로 나 있었다. 우리는 그중 한 골목으로 올라갔다. 골목은 높은 언덕을 향해 있었고 그 언덕에는 주택과 빌라가 마주보고 있었다. 세월의 풍파를 맞으며 오랜 시간을 버텨온 집도 보였고 이제 막 새로 지은 것 같은 빌라도 보였다. 나는 골목을 훑다가 독특한 집을 발견했다. 새로 지은 지 얼마 안 된 것 같은 집이었는데, 마당에 아주 오래된 나무 한 그루가 보였다. 나는 그 집 앞에 서서 아이들에게 물었다.

"애들아, 이 집에는 무슨 사연이 있을까?"

걸음을 멈춘 아이들은 '뭐랭?'이라고 하는 것 같은 표정으로 나를 바라보고 있었다.

"여기 봐봐. 집은 새로 지은 것 같은데 저 나무는 엄청 오래되어 보이잖아. 저 나무는 원래 이 집에 있던 걸까? 아니면 어디서 따로 살다가 이 집이 지어지면서 새로 온 걸까? 쌤은 이런 게 궁금한데, 너희는 안 궁금해?"

아이들은 별게 다 궁금하다는 눈치였지만, 쌤이 이러는 게 하루이틀도 아니고 어서 동조를 해주어야겠다고 생각했는지 각자의 생각을 말했다.

"저 나무는 새로 온 것 같은데요. 이 집 지을 때도 저기 있었으면 공사하기 힘들었을 것 같아요."

"공사할 때는 다른 곳에 있다가 왔을 수도 있어요. 주인이 키우던 나무인데, 같이 살고 싶어서 공사할 때 다른 데 심어놨다가 집을 새로 짓고 다시 마당에 심은 게 아닐까요?"

"집이고 나무고 다 새거 같아요. 낡은 집을 구입한 주인이 새로 집을 지으면서 저 나무도 어디에 있던 걸 가지고 왔을 거예요. 나무 키우는 데 가면 저런 나무 진짜 많아요."

나는 이때다 싶어서 질문을 던졌다. "이 집에 대해서 글을 쓴다면 어떻게 쓸 수 있을까?" 아이들이 대답했다. 이 집에 살고 있는 사람에 대해서 쓸 수 있을 것 같다고. 나는 좋은 생각이라고 말하고, 나라면 어떤 글을 쓸지 이야기를 해주었다.

"쌤이라면 저 나무의 입장에서 집에 대해 얘기하는 글을 쓸 것 같아. 저 나무는 이 집에 아주 오래전부터 살았던 나무고, 집주인은 새로운 주인이라고 설정하고 싶어. 나무는 오랫동안 이 자리에서 집주인이 바뀌는 것을 바라보았고, 집이 어떻게 변하는지도 본 거야. 그래서 옛일들을 회상하면서 누군가에게 이 집에 대해서 말해주는 글을 쓸 수 있을 것 같아.

아니면, 이 집하고 마주 보고 있는 저 빌라 건물하고 둘이서 대화하는 것도 재미있겠다. 한 가족이 살고 있는 주택과 여러 가족이 살고 있는 빌라는 다른 점들이 있을 테니까, 둘이서 대화를 하게 만드는 것도 재미있겠어. 글에는 정답이 없잖아. 우리가 상상하는 것은 무엇이든 쓸 수 있고. 그러니까 더 다양하게 생각해봐. 세상에 사연 없는 물건이 어디 있겠어. 세상에 태어나서 존재하는 모든 것들은 나름의 사연을 갖고 있잖아. 너희도 너희 나름대로의 사연이 있고. 그러니까 어떤 사물을 바라볼 때 이 아이에게는 어떤 사연이 있을까, 이런 걸 한번 생각해봐. 그럼 다양한 생각이 떠오를 거야."

아이들은 고개를 끄덕였다. 우리는 다시 골목길을 따라 걸었다. 올라가다 보니 작은 공원이 나왔다. 정비가 제대로 되지 않은 숲길도 보였고, 작은 연못도 있었다. 산 바로 아래 있어서 그런지 으스스했다. 내 머릿속에서 여러 가지 글감들이 솟아올랐다. 특히 작은 연못은 '살인사건이 벌어진 곳'이라는 설정을 하고 쓸 수 있겠다고 생각했다. 나는 아이들에게 이 공간을 활용하여 어떤 글을 쓸 수 있을지 물었다. 놀이터에서 벌어지는 일에 대해서 쓰겠다는 아이도 있었고, 연인이 데이트하는 모습을 쓰고 싶다는 아이도 있었다. 어떤 사건 때문에 산속에 숨어든 사람이 가끔 이곳에 내려와 주변을 살피는 이야기를 써보고 싶다는 아이도 있었다. 아이들은 조금 전에 집에 대해 이야기했을 때보다 조금 더 확장된 생각을 하고 있는 것 같았다.

공원을 지나 언덕 끝에 다다르니 고급 건물들이 보였다. 옆에 요양원으로 가는 이정표가 보였다. 우리는 저 요양원에 대해 글을 쓴다면 어떻게 쓸 수 있을지 이야기를 나누었다. 주인공이 요양원에 살고 있는 할아버지나 할머니일 수도 있고, 그곳에서 일하는 사람일 수도 있었다. 아무리 요양원이 좋아도 집에서 사는 것만큼 마음이 편하지 않을 것 같다고 말하는 아이도 있었다. 그 말을 듣고 이런 이야기가 떠올랐다.

"저 요양원에 사는 분 중에 이 동네에 살던 분이 계셨어. 바로 이 집! 여기 살던 분이 집 가까운 요양원에서 살고 계시는 거야. 창으로 보면 자신이 살던 집이 보여. 그랬을 때 그분은 어떤 마음일까? 내 집이 보이는데, 집에서 살지 못하고 요양원에서 살고 있다면? 그분이 어느 날 아침에 내 집을 바라보면서 회상하는 이야기를 쓰는 것도 괜찮을 것 같은데?"

"쌤은 참 이상한 생각을 많이 하시네요. 아, 이상하다는 게 진짜 이상하다는 게 아니라, 뭐랄까 우리가 생각해보지 않은 것들을 생각하는 것 같아요."

"쌤이 아까 얘기했잖아. 세상에 사연 없는 사물은 없다고. 하물며 사람에게는 얼마나 많은 사연이 있겠어. 그런 걸 다양하게 생각해보는 거야. 내가 겪은 일만 가지고 글을 쓰면 금세 소재가 사라지니까. 내가 겪지 않았어도 세상 누군가는 겪었을 것 같은 이야기를 생각해보는 거지. 저 요양원에도 얼마나 많은 분들이 계시겠어. 그런데 보아하니 건물이 고급스러워 보이지? 주택가에 저런 고급 요양원이 있다는 게 좀 신기하고. 그래서 그런 생각을 해본 거야. 이 동네에 살던 할머니 할아버지가 동네를 떠나고 싶지 않아서 선택한 요양원이라는 생각. 생각에는 정답이 없으니까. 이런 생각도 해보고 저런 생각도 해보는 거지. 집에서 학교까지 오는 길에 만나는 것들도 얼마나 많은 사연들이 있겠어. 너희가 휴대폰 보느라고 걔네 이야기를 안 들어줘서 그렇지, 귀를 기울이면 걔들이 '내 얘기 좀 들어줘~ 내 얘기 좀 들어줘~' 할지도 몰라. 지하철 탔을 때 내 앞에 앉아 있는 사람에게는 어떤 사연이 있을까 생각해보고, 나와 같은 역에서 내리는 사람들은 다 어디로 가는 걸까 생각해봐. 얼마나 많은 얘기가 나오겠어. 너희가 생각을 안 하려고 하니까 아무 생각이 안 나는 거지. 조금만 관심을 갖고 둘러보면 진짜 많은 이야기가 있다는 걸 알게 될 거야. 그런 의미에서 뒤를 좀 돌아볼래?"

언덕을 오르느라 앞만 보고 걸어온 아이들은 뒤를 돌아보고 감탄했다. 우리가 걸어왔던 길이 한눈에 보였고, 저 멀리 건너편 풍경도 한눈에 들어왔다.

"앞만 보고 걷느라 뒤에 이런 풍경이 있는지 몰랐지? 인생도 그렇고 글도 그래. 앞만 보고 걸으면 놓치는 게 많더라고. 그러니 생각날 때마다 뒤도 돌아보고, 주변도 살펴보고, 내가 뭘 놓치고 있나 생각도 해보고, 저기에는 또 무슨 사연이 있나 떠올려보고 그러면 좋겠어. 살다가 힘들면 지금껏 걸어온 길을 돌아보고, 글 쓰다가 힘들면 지금껏 써온 글을 다시 읽어보고. 그러면 뭔가 새로운 생각이 떠오를지도 모르거든. 어때? 주변에 쓸 거리 진짜 많지?

뭘 써야 할지 모를 때는 그냥 걸어봐. 걸으면서 오늘을 떠올리면 우리가 했던 이야기들이 생각날 거야. 자, 지금까지 공부했으니까 이제 제대로 된 글감을 찾아야겠지? 집에 대한 사연이든, 나무에 대한 사연이든, 뒤돌았을 때 만났던 풍경에 관한 이야기든 뭐든 좋아. 내려가면서 하나씩 찾아 봐. 다리 풀리지 않도록 조심하고!"

우리는 다음 시간에 쓸 글감을 찾으며 언덕을 내려왔 다. 어떤 아이는 오래된 집을 지키고 있던 대문에 대해서 쓰 겠다고 했고, 어떤 아이는 이 길에 있는 나무가 저 길 건너 편 산에 있는 나무에게 무언가를 전하는 이야기를 쓰겠다 고 했다. 어떤 아이는 오르막을 오르던 한 할머니에 관해 써 보고 싶다고 했다. 글감을 찾는 것은 '눈에 마음을 싣는 일' 이다. 눈으로만 바라보는 것이 아니라, 마음으로 바라봐야 그들의 사연이 내게 온다. 나는 목요일의 작가들이 세상에 존 재하는 수많은 사연에 귀 기울이는 사람이 되기를 바라고 또 바란다.

비밀의 집

사람들은 모른다. 그곳에 비밀의 집이 있다는 것을. 하루에도 몇 만 명이 지나다니는 길 옆에 작은 쪽 길이 있다는 걸. 어쩌다 길을 잃은 사람이 집을 발견해도 궁금해하지 않았다. 길을 잃은 사람의 관심사는 언제나 '나가는 길'이었으므로.

'효'. 그는 그것이 안타까웠다. 세월이 내려앉은 집을 알아봐주는 사람이 없다는 것이. 자신의 삶이 쌓인 집이 홀로 나이 들어가는 것이 안타까웠다. 이렇게 고독한 시간이 쌓이면 집은 무너져내리리라. '효'는 어떻게든 이 집에 더 많은 시간이 쌓이기를 원했다. 100년이 지나고 200년이 지나도 여기에 누군가 살았다는 것을 세상 사람들이 알아주었으면 했다.

'효'는 굳게 닫힌 문을 통과해 마당으로 들어섰다. 아이가 태어난 것을 기념해 심었던 감나무에 붉은 감이 달려 있었다. 물 주고 가꾸는 이 없어도 나무는 해마다 꽃을 피우고 열매를 맺었다. 그는 나무 아래에 서서 오래전 일들을 하나씩 떠올렸다. 장대에 Y자 모양의 작은 막대를 꽂아 감고 아이 손에 장대를 주었다. 아이는 제 키보다 몇 배나 높은 곳에 있는 감을 따려고 안간힘을 쓰다 '효'를 바라봤다. '효'는 허허 웃으며 아이를 번쩍 올려 목마를 태웠다. 허공으로 올라간 아이는 장대를 이용해 감을 땄다. 감의 꼭지를 돌리고 돌리자 감이 툭 하고 떨어졌다. 아이는 환호했다. 태어나 처음으로 따보는 감이었다. '효'는 오래전의 일을 떠올리며 미소 지었다. 이제는 이 집에 없는 아이. 기억 속에 잠들어 있는 아이의 모습에 마음이 짠해졌다.

걸음을 옮겨 마당을 지나 안채로 들어섰다. 높은 분의 딸이었던 부인과 함께 지낸 곳이었다. 나라의 앞날이 어찌 될지 모르는 불안한 나날이었다. 그럼에도 불구하고 안채에서 보낸 날들은 따뜻했다. 불안과 두려움이 덮칠 때마다 강인함과 설렘으로 마음을 다잡았다. 남들이 해줄 수 있는 것을 기다리기보다 자신이 지금 할 수 있는 것들을 하며 시간을 보냈다. 그림을 그리기도 했다. 마음이 약해질 때마다 마당에 있는 나무들을 그리며 땅을 뚫고 단단히 고정되어 있는 뿌리를 떠올렸다. 보이지 않는 뿌리를 그리며 자신도 나라도 단단하게 제자리에 서 있기를 바랐다. '효'는 안채 툇마루에 앉아 오래전 일들을 생각하고 또 생각했다. 그때 녹슨 대문 사이로 한 남자가 보였다.

'효'는 얼른 일어나 대문 앞으로 걸어갔다. 중년의 남자가 마당을 기웃거리고 있었다. '효'는 직감했다. 이 사람이 여기에 머물 사람이라는 것을. 대문을 열자 문은 삐그덕 소리를 내며 열렸다. 갑자기 열린 문에 사내는 깜짝 놀라는 기색을 보였다. 그러나 이내 마당 안으로 들어와 여기저기를 살피기 시작했다.

'효'는 그가 가는 곳마다 따라다니며 옛일들을 떠올렸다. 그 이미지는 사내의 머릿속에 새로운 그림으로 각인되었다. 사내가 눈길을 돌릴 때마다 어떤 이미지가 계속 떠올랐다. 기시감 같았다. 선명하게 떠오르는 이미지들이 마치 자신이 겪은 일들 같았다. 아니면 앞으로 겪게 될 일일지도 몰랐다. 사내는 집 곳곳을 살펴보고 조용히 문을 닫고 나갔다.

'효'는 그가 다시 찾아올 것이라고 믿었다. 왠지 모르겠지만 그가 이 집에서 살아주었으면 싶었다. 그라면 이곳을 버리지 않고 지켜줄 것 같았다. 그렇게 생각한 근거가 무엇인지 묻는다면 딱히 대답할 것이 없었다. 그냥, 느낌,이었으므로.

'효'의 생각대로 사내는 며칠 뒤 다시 나타났다. 그러나 혼자가 아니었다. '효'의 4대손과 함께였다. '효'는 자신의 핏줄을 알아봤지만, 사내도 핏줄도 '효'를 알아보지 못했다. 사내는 이 집이 마음에 든다고 했다. 약속했던 것처럼 이 집에 많은 사람이 찾아올 수 있도록 모두를 위한 공간으로 만들겠다고 했다. 후손도 흡족한 듯 미소를 짓고 떠났다. 사내는 혼자 다시 집을 둘러봤다. 그러고는 어떤 상념에 젖어들었다.

몇 달 후, 이 집에 새로운 간판이 걸렸다. '도원미술관'이라는 이름이었다. '효'는 고개를 갸웃했다. 자신의 집이 미술관이 되었다는 게 믿기지 않았다. 큰길로 다니던 수많은 사람이 쪽 길에 있던 이 비밀의 집으로 모여들었다. 집 벽에 걸린 그림을 보고, 나무 의자에 앉아 차를 마셨다. 풀 소리만 들리던 마당에 사람 소리가 가득했다.

다시 몇 달 후, 이 집이 하나하나 뜯겨져나갔다. '효'는 기와가 뜯길 때마다 가슴을 쥐어뜯었다. 누군가 자신의 심장을 한 올 한 올 잡아 뜯는 기분이었다. 그러나 그 고통은 오래가지 않았다. 이 집이 한옥마을로 옮겨진다는 것을 알게 됐기 때문이다. 사내는 이 집을 더 많은 사람에게 보여주려고 한옥마을로 옮긴다고 했다. '효'는 고통스러운 심장을 진정시키고 뜯어진 집과 함께 차에 올라탔다. 이제 새로운 곳으로 가야 할 시간이라는 걸 깨달았기 때문이다. 그는 비밀의 집이었던 자신의 집을 돌아봤다. 그리고 이곳에서 만든 추억들과 인사했다. 마당에 내려앉은 추억들이 잘 가라고 손을 흔들어주었다.

'효'는, '효'의 영혼은 그렇게 비밀의 집을 떠났다.

시간 여행자가
되는 거야

역사 탐방하기

세상에 존재하는 모든 것에는 사연이 있지만, 세월의 더께
를 쌓아온 것들의 사연은 그 나름의 울림이 있다. 그래서 때
때로 아이들과 함께 '역사 탐방'을 나선다. 어느 해인가는
'서울의 재발견'이라는 콘셉트로 조선시대의 서울부터 현
재의 서울까지 그 흐름을 찾아볼 수 있는 탐방을 기획했다.
서울은 어떤 사연을 갖고 있는지 찾아보기 위해서.

　우리가 가장 먼저 찾은 곳은 경복궁이었다. 경복궁은
이성계가 조선을 건국했을 때 정도전에게 맡겨 짓게 했던
궁으로, 서울의 한복판에 자리해 조선의 시간을 간직하고
있는 곳이다. 우리는 경복궁의 정문인 광화문을 지나 궁 안
으로 들어갔다. 이로써 대한민국의 시간이 아닌 조선의 시

간 속으로 들어서게 되었다. 나는 변한 게 하나도 없지만 이 안으로 들어옴으로써 조선의 시간으로 왔다고, 시간 여행을 떠나 아주 오래전의 세상으로 왔다고 스스로에게 주문을 걸었다. 조선으로 발을 디딘 우리는 흥례문을 통과해 근정문으로 들어섰다. 왕이 정무를 보던 근정전이 자리하고 있었다. 근정전 앞으로 가 왕이 앉았던 어좌를 보고, 양옆에 앉았을 대소신료들을 떠올렸다. 아이들은 대하드라마에서 봤던 왕들의 얼굴이 떠오른다고 했다. 배우 이순재나 이덕화 같은 얼굴이.

근정전을 살펴본 후, 계속해서 함께 경복궁을 돌 것인지 아니면 각자 다니면서 글감을 찾을 것인지 이야기를 나눴다. 아이들은 혼자서 조용히 돌기를 원했다. 우리는 각자 흩어져 경복궁을 살피고 자신이 쓸 글감을 찾아오기로 했다. 자료가 필요하면 해설사의 설명을 들어도 좋고, 혼자서 검색을 해도 좋다고 했다. 중요한 것은 다시 광화문을 통과하기 전에 조선에 대한 어떤 소재를 찾아오는 것이다.

아이들은 경회루에도 갔다가 편전인 사정전을 살피고, 침전인 강녕전과 교태전을 보고, 교태전 뒤에 있는 작은 정원 아미산도 둘러봤다. 나는 그들의 뒤를 쫓으며 나름의 사연을 찾아다녔다. 경복궁 탐방은 건청궁까지 이어졌다. 건

청궁은 고종 때 지어진 건물로 왕과 왕비가 휴식을 하려고 지은 건물이다. 이곳은 사대부 집의 형태를 취하면서 더 크고 화려하게 지었는데, 왕이 머물던 장안당과 왕비가 머물던 곤녕합, 서재인 관문각이 있다. 관문각은 우리나라 최초로 전등이 설치된 곳이고, 곤녕합은 명성황후가 시해된 곳이니 사연이 차고 넘치는 곳이었다.

조선이 설립되던 순간부터 근대에 이르기까지 수많은 사연이 깃들어 있는 경복궁에서 아이들은 많은 이야기를 건져 왔다. 왕이 향연을 베풀던 경회루에 꽂힌 아이도 있었고, 경회루와 근정전을 잇는 좁은 골목길에 마음을 두는 아이도 있었다. 그런가 하면 명성황후가 시해되었던 곤녕합을 소재로 고른 친구도 있었고, 경복궁 안에서 바라보는 2020년대의 서울에 대해서 생각한 아이도 있었다. 아이들은 그렇게 저마다의 시선으로 경복궁에 깃든 사연을 찾아냈다.

다음 시간에 우리가 찾은 곳은 혜화동이었다. 한양도성 혜화동 전시안내센터에 들러 한양도성에 관한 전시물을 보고, 한양에 대해서 하나씩 알아갔다. 그리고 혜화문을 건너 낙산성곽을 걸으며 이 성을 쌓았던 시대로 시간 여행을 했다. 돌의 모양에 따라서 지어진 시기가 다르다는 것도 알아내고, 성곽을 쌓다가 많은 사람들이 죽었다는 사실도 알게 됐다. 나는 예나 지금이나 공사를 하다 죽는 사람이 있다는 것에 마음을 빼앗겼다. 그래서 성곽을 도는 내내 겹겹이 쌓여 있는 돌을 유심히 바라보았다. 저 돌을 손으로 직접 만들고 쌓은 사람들이 있다는 것을 기억하고 싶어서.

조선을 지나 이제는 일제강점기의 시기로 가야 할 시간이다. 일제강점기에 지어진 건물을 직접 찾아가 둘러보면 좋겠지만 너무 많이 내린 비가 우리의 발을 묶어버렸다. 우리는 교실에서 둘러앉아 어떤 집에 관한 다큐멘터리를 함께 봤다. 1924년에 지어져 외국인 부부가 살다가, 한국전쟁 이후 여러 가족이 들어와 살았던 집. 그 집이 문화재로 등록되면서 복원이 되어 '딜쿠샤'라는 이름으로 다시 개방될 때까지의 이야기를 담은 작품이었다. 100여 년 동안 한자리에 있으면서 수많은 사람을 만났던 딜쿠샤. 산스크리트어로 '기쁜 마음의 궁전'이라는 뜻을 지닌 그 집에 대해 우리는 함께 이야기를 나눴다.

그다음 우리가 떠난 곳은 한국전쟁 무렵에 조성됐다는 개미마을이었다. 인왕산 자락에 자리 잡은 '마지막 달동네'라 불리는 마을을 돌며 동네에 깃든 사연을 찾아봤다. 주인이 버리고 떠난 빈집과 허름한 집 사이에 보란 듯이 서 있는 새집 한 채, 낡은 담벼락 아래 피어 있는 호박꽃과 가파른 계단……. 우리는 그곳에서 1950년대와 60년대의 흔적들을 찾을 수 있었다. 그리고 다시 2020년대의 서울 풍경 속으로 들어왔다. 지금 내가 서 있는 이곳도 세월의 풍파를 겪으며 많은 사연을 지닌 곳임을 생각하면서. 지금은 크고 높은 건물이 들어서 있는 곳이지만 오래전에 이곳은 논이나 밭이었을 수도 있고, 한국전쟁 때 이 위에서 치열한 전투가 벌어졌을 수도 있었다고. 어쩌면 단란한 가족이 함께 살던 마당 넓은 집이었을 수도 있고, 누군가 태어난 고향일 수도 있고, 누군가 죽어서 묻혔던 무덤이었을 수도 있다고 말이다. 우리가 밟고 있는 이 땅 위에 수많은 사연이 있음을 다시 한 번 기억하며 내가 사는 현재의 서울 속으로 돌아왔다.

우리는 때때로 더 깊은 사연을 만나기 위해 '역사 기행'을 떠나기도 한다. 부여나 공주처럼 하루 안에 다녀올 수 있는 곳을 찾아가 그곳에 묻힌 이야기를 건져오는 것이다. 대한민국이 되기 전의 부여, 혹은 조선이나 고려라는 이름으로 살기 전부터 부여가 켜켜이 쌓아온 이야기를 하나하나 살펴본다. 부소산성을 걷고, 정림사지오층석탑을 바라보고, 박물관에서 유물들을 바라보며 오래전 시간 속으로 걸어 들어가본다. 누군가는 백제시대에 살았던 사람의 목소리를 글로 전하고, 또 누군가는 백제를 여행하듯 기행문으로 이 시간을 기록한다. 누군가는 향로에 취해 그가 가진 사연을 만들어내고, 누군가는 사라진 사찰 터에 홀로 남은 탑의 심정을 글로 적는다. 시간을 여행하는 사람에게 다가온 사연은 그렇게 또 한 편의 글이 된다.

글쓰기 시간에 역사 탐방을 하는 이유는 모든 역사가 '이야기'라는 것을 공유하고 싶어서다. 연도를 외우고 사건과 인물을 연결시키는 것만이 역사가 아니라, 그 시절에 어떤 사람이 겪었던 이야기 자체가 역사이고, 그 시절에 만들어진 탑이나 집 하나하나가 역사라는 걸 아이들이 알았으면 좋겠다. 글을 쓰는 사람은 누군가의 사연을 수집하고 그것을 글로 풀어내는 사람이다. 사연을 찾겠다고, 세상의 모든 사물이 내는 소리 없는 아우성을 듣겠다고 마음만 열면 언제든 그들의 사연을 들을 수 있다. 나는 목요일의 작가들이 그걸 알았으면 좋겠다. 그래서 언제 어디서나 세상의 모든 소리를, 마음을 듣는 글쟁이가 되었으면 좋겠다.

절규

"소문 들었는가? 저짝에서 오늘 또 사람이 죽었다는디?"

"이젠 대수롭지도 않수다. 여기 와서 하루라도 사람이 안 죽은 날이 있기는 합디까? 어제는 둘이나 굴러떨어졌수. 사람이 죽고 있는데도 어렵게 옮긴 돌 굴러간다고 어찌나 난리들인지. 돌멩이보다도 못한 목숨값… 나랏님 지키려다 여기 있는 사람들 다 죽어나가게 생겼수다."

"거, 입조심하쇼. 누가 들으면 어쩌려고 그런댜."

"내가 뭐 없는 말 한 것도 아니잖수. 농번기에는 죽으라고 농사 짓고, 좀 쉴 만한가 싶으면 이리 백 리 천 리 너머까지 끌려와 노역하고. 이놈의 팔자는 어쩌자고 이렇게 박복한지… 나도 다음 생에는 양반으로 태어나서 떵떵거리며 살아보고 싶수다. 에이, 제길! 퉤!"

오늘도 어김없이 그들의 소리가 들려왔다. 꼭 이 자리였다. 메주만 한 크기의 돌, 큰 돌들 사이에 있는 작은 돌, 정사각형 모양의 돌이 나란히 있는 곳. '남복'은 이 자리를 지날 때마다 두 사람이 하는 이야기를 들었다. 처음에는 이게 무슨 소린지 몰랐다. 산성 근처 어느 집에서 들려오는 TV 소리인 줄 알았다. 그러나 산성 가까운 곳에는 집이 없었다. 주위를 둘러봐도 자신 말고는 아무도 보이지 않았다. 처음에는 별일도 다 있다고 그냥 모르는 척 지나갔다. 그러나 산책 삼아 낙산성을 걸을 때마다, 그 자리에 들어설 때마다 그들의 목소리가 들렸다. 대화 내용은 달랐지만 누군가 죽었다는 한탄이었다. 그 길에서 네 번째로 목소리를 들었을 때, 남복은 소름이 끼쳤다. 한두 번은 그럴 수 있다지만 세 번을 지나 네 번이나 같은 목소리를 들으니 온몸에 오소소 소름이 돋았다. 무엇보다 남복을 소름끼치게 한 것은 다른 사람들은 그 소리를 듣지 못한다는 거였다. 두 번의 소리를 들은 후, 남복은 화진과 함께 그 길을 걸었다. 자신의 귀에 들리는 소리가 '화진'에게도 들리는지 궁금했다. 그러나 화진은 아무 소리도 듣지 못했다. 무서움보다 궁금증이 앞섰다. 왜 그 자리에서 그런 소리가 들리는 것인지.

남복은 작정하고 길을 나섰다. 목소리가 들리는 진원지를 찾아보기로 했다. 최신식 디지털 카메라와 아주 작은 소리도 감지하는 녹음기까지 준비했다. 그들의 목소리를 녹음해서 목소리를 분석하는 '최 교수'에게 보낼 생각이었다. 최 교수라면 소리의 진실을 찾아줄 것이었다.

남복은 혜화동에서 삼선교 쪽으로 길을 건넜다. 계단으로 이어지는 낙산성 입구에 도착해 심호흡을 한 뒤 한 발 한 발 걸음을 옮겨 그 자리로 향했다. 남복이 조사한 바에 따르면 그 자리는 오랜 세월 동안 축조된 자리였다. 돌의 모양이 그것을 알려준다고 했다. 메주만 한 돌은 태조 때, 큰 돌들 사이에 있는 작은 돌은 세종 때, 정사각형으로 잘 다듬어진 돌은 숙종 때의 돌이라고 했다. 모든 돌이 한자리에 나란히 있는 것으로 보아, 이 자리는 태조 때부터 숙종 때까지 축조되고 보수된 자리였다. 남복은 조용히 그 자리 앞에 섰다. 어김없이 사람들의 대화 소리가 들렸다.

"돌에다 뭘 하고 계슈?"

"그 사람 건들지 마슈. 동생이 오늘 죽었으니께."

"무슨 소리요?"

"오늘 굴러떨어진 돌에 깔려 죽은 사람이 저이 동생이요."

"아이고, 어째 그런 일이… 장례는 어찌 한답디까?"

"아직 모르겠수다. 제날짜에 일 마쳐야 한다고, 한 사람도 빼지 말라고 했답니다. 여기 나으리가 알아본다고 해서 일단 기다리는 중이요. 동생이 죽었는데도 이러고 있어야 하니.. 동생 이름은 다 새겼수? 내일 작업할 때 들키지 않도록 조심하슈."

남복은 소리를 녹음했다. 그러고 나서 천천히 주변을 돌며 사진을 찍었다. 산성의 돌과 나무와 하늘을.

남복은 집으로 돌아와 녹음기를 확인했다. 그러나 바람 소리 말고는 그 어떤 소리도 재생되지 않았다. 그는 다시 파일을 돌리고 돌려서 확인했다. 그러나 역시 바람 소리만 들릴 뿐, 그들의 소리는 들리지 않았다. 남복은 사진 파일을 클릭해 하나하나 살폈다. 돌 겉면에 어떤 글자가 보였다. '감역판관 이수찬 일백오십척'.

감역판관 이수찬의 감독 아래 쌓은 백오십 척 구간이라는 뜻이었다. 그런데 그 옆 작은 돌에 다른 글씨가 보였다. '천남복'이라는 글씨였다. 자신의 이름과 같은 이름이었다. 남복은 이제야 모든 퍼즐이 맞춰지는 기분이었다. 이 자리에서 성을 쌓다가 죽은 사람의 이름이 천남복이었던 것이다. 자신과 똑같은 이름을 가진 자가 이 자리에서 죽었다. 그래서 그들의 이야기가 자꾸 들렸던 것이다.

남복은 인터넷 창을 열고 한양도성에 관한 자료를 찾았다. 이성이 쌓이는 동안 500여 명이 목숨을 잃었다는 글이 있었다. 남복은 두 손을 모으고 그들의 명복을 빌었다. 내일 날이 밝으면 국화 한 다발과 소주 한 병을 준비해 다시 그곳을 찾기로 했다. 누군가 산책하며 경치가 좋다고, 아름답다고 말하며 지나가는 이 길 위에서 죽은 사람이 있다는 것을 알아달라는 절규를, 남복은 오래오래 기억하기로 했다.

낮선 나를
만나보는 거야

문학기행 떠나기

내가 교실 밖 수업 중에서 가장 좋아하는 것은 '문학기행'이다. 문학이라는 이름을 품고 여행길에 올라 함께 책을 읽고 이야기를 나누는 중에 아이들의 새로운 모습을 발견하기 때문이다. 1박 2일 동안 아이들과 함께 지내다 보면 학교에서는 볼 수 없었던 모습을 보게 된다. 그런데 재미있는 것은 상대방의 낮선 모습을 보게 되는 것은 물론이고, 내가 보지 못했던 새로운 내 모습도 만나게 된다는 것이다. 이런 경험은 다른 사람과 나의 관계를 더 친밀하게 만들기도 하지만, 내 안의 나와 더 가깝게 만들기도 한다.

몇 해 전, 세 학년이 함께 문학기행을 떠난 적이 있었다. 떠나기 전에 황순원의 「소나기」, 김유정의 「봄봄」, 이효석의「메밀꽃 필 무렵」을 나눠 읽고 그들이 어떤 삶을 살았는지 미리 공부했다. 그리고 1박 2일 문학기행을 떠났다. 목적지는 양평 황순원 문학관과 춘천 김유정 문학관, 그리고 평창 이효석 문학관이었다. 가장 먼저 도착한 황순원 문학관에서는 갑자기 내리는 소나기를 피해 수숫단 속으로 들어가기도 했고, 닭갈비를 먹고 찾아간 김유정 문학관에서는 점순이 옆에 나란히 서서 키를 재보기도 했다. 이효석 문학관에서는 글을 쓰고 있는 이효석 동상 옆에 나란히 앉아 석양을 배경으로 사진을 찍었다. 비록 때를 놓쳐 소금밭인 메밀꽃밭은 볼 수 없었지만, 우리의 가슴에는 그보다 더 아름다운 꽃이 흐드러지게 피었다.

그날 밤, 봉평에 잡은 숙소에서 '독서 골든벨'이 진행됐다. 세 학년을 섞어 조를 나눈 후, 작품과 작가들에 관한 퀴즈를 맞히는 시간이었다. 상품으로 치킨과 피자와 과자와 음료수를 걸고, 맞히는 팀이 원하는 것들을 가져가도록 했다. 저녁에 고기를 구워 먹었음에도 간식 하나라도 더 가져가기 위해 아이들은 최선을 다해 퀴즈에 임했다. 평소에는 말 한마디 하지 않고 조용하던 아이도 큰 소리로 정답을 외쳤고, 다른 사람과 어울리기 힘들어하던 아이도 어느새 팀과 하나가 되고 있었다. 문학은, 아니 간식은 이렇게 아이들을 변화시켰다.

아이들과 떠났던 문학기행 중에 가장 기억에 남는 곳은 횡성 시골집이다. 횡성의 조용한 마을에 있는 집 한 채로 농사팀과 목요일의 작가들이 함께 문학기행을 간 적이 있었다. 농사팀은 텃밭에 작물을 심고 키우는 수업을 하는 아이들이다. 가을걷이를 끝낸 아이들이 수확한 것들로 요리도 하고 다음 해에 심을 작물에 대해 이야기를 한다기에 함께 떠난 기행이었다. 농사팀 중에 글쓰기 수업을 듣는 아이들이 많아서 가능한 시도였다. 우리는 함께 횡성의 시골집에 둘러 앉아 농사에 관한 이야기도 하고 릴레이 글쓰기도 했다. 그러다 마을을 함께 산책하던 중 낮은 계곡으로 이어지는 길에서 추리소설로 쓰면 좋을 아이디어를 얻기도 했다.

그때 했던 문학기행의 하이라이트는 '시 낭송'이었다. 1박 2일의 여정 중에서 두 번째 날이 밝았을 때였다. 우리는 함께 밥을 해 먹고 상을 물린 후 거실에 동그랗게 모여 앉았다. 기행을 떠나기 전 나는 아이들에게 좋아하는 시집을 한 권씩 가져오라 일렀다. 가을가을한 날이니 함께 모여 앉아 시 한 편을 읽어도 좋을 것 같았기 때문이다. 우리는 서로에게 들려주고 싶은 시 한 편을 골라 천천히 읽었다. 다른 사람의 목소리로 듣는 시는 한 구절 한 구절 가슴에 그대로 꽂혔다. 때로는 눈을 감고 때로는 창밖의 들판을 바라보며 시를 들었다. 시도 풍경도 너무 아름다웠다. 내가 시를 읽을 차례였다. 나는 권대웅 시인의 『나는 누가 살다 간 여름일까』(문학동네, 2017)를 펼쳤다. 그리고 목소리를 가다듬고 그중 한 편인 「노을」을 읽었다. 그러다 나도 모르게 울컥, 목이 메어 낭송을 멈추었다. 내가 울먹거리자 시를 듣던 아이들도 함께 울고 말았다. 엄마의 거친 삶이 눈앞에 펄떡거려 눈물을 멈출 수가 없었다. 나는 손등으로 눈물을 닦으며 생각했다. 아, 우리가 살아 있구나. 살아 있는 모든 것은 아름답구나. 아이들과 시를 읽으며 눈물을 흘리는 아침이라니, 세상에 이렇게 아름다운 아침이 또 있을까.

손수 농사지은 것으로 요리를 하고, 릴레이 글쓰기를 하고, 산책하며 글감을 찾고, 밤새 마피아 게임을 하며 '인디언 밥'을 하고, 마당에 나가 하늘에 뜬 별을 바라보고, 함께 잠을 자고, 함께 밥을 먹고, 함께 시를 읽으며 마음도 나누고 눈물도 나누었던 시간. 그 시간들은 수십 편의 글보다 더 많은 것을 우리에게 심어주었다. 그게 무엇이라고 딱 꼬집어 말할 수는 없지만 덕분에 마음이 촉촉해졌다고, 물기를 품은 마음 땅에 작은 씨앗 하나 심을 수 있었다고 말하면 공감할 수 있을까. 교실 안에서 수없이 읽고 쓰고 이야기를 나누었지만 자연 속에서 자연의 일부가 되어 함께 호흡하며 보낸 시간은 우리를 성장하게 했다.

　이 문학기행을 통해서 우리는 교실에서라면 절대 하지 않았을 이야기, 교실에서라면 절대 흘리지 않았을 눈물, 교실에서라면 절대 볼 수 없었을 각자의 모습을 공유하며 서로에 대해 조금씩 알아갔다. 그리고 내 자신과 더 깊이 만났다. 그동안 볼 수 없었던 내 안의 나와 만나 악수하고 포옹했다. 이런 이상한 힘을 가진 문학기행을 나는 잊지 못한다.

집으로 돌아가는 길이야

회귀본능일 뿐이라구

펄떡거리며 저녁 강을 거슬러가는 연어들처럼

마지막 생의 행진이야 축제야

투병을 하던 엄마가 창문을 바라보며 말했다

이 세상에 들였던 자기 자리를 거두는데

어찌 안 아플 수가 있니

어떻게 흔적도 없이 갈 수가 있겠니

저 노을처럼 말야

엄마의 눈가에 노을이 펄럭였다

태양이 지는 자리

엄마의 시간과 추억이 지는 자리

이생에서 얻은 기운을 이생에서 다 쓰고 가듯

허공에 마지막 두 손을 불쑥 내민 엄마의 팔뚝이

저기 강물을 헤쳐 거슬러가는 연어 같았다

집으로 돌아가는 길이야

먼저 온 사람이 먼저 가는 것뿐이라구

그 위로 노을이 붉게 물들고 있었다

– 권대웅, 「노을」, 『나는 누가 살다 간 여름일까』, 문학동네

5
우리는 함께 자랐다

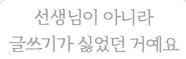

선생님이 아니라
글쓰기가 싫었던 거예요

주로 선택 과목이었던 글쓰기 수업이 가끔 필수 과목으로 지정될 때가 있다. 글쓰기의 중요성을 깨달은 학교에서 모든 학생이 수업을 듣도록 하기 때문이다. 이럴 경우 더 많은 아이들과 글을 쓸 수 있다는 기쁨이 있지만, 글쓰기를 싫어하는 아이들의 괴로움을 지켜봐야 하는 어려움도 있다.

처음 대안교육기관에서 수업을 할 때는 글쓰기 수업이 필수 과목이었다. 아이들은 글 쓰는 걸 좋아하든 싫어하든 학점을 받기 위해서는 무조건 수업을 들어야 했다. 그래도 입학할 때 이미 글쓰기가 필수 과목임을 알고 오기 때문에 큰 거부 반응은 없었다. 문제는 해를 거듭하면서 '나는 글쓰기가 싫어요!'를 온몸으로 표출하는 아이들이 나타난다는 것이다. 그들의 표현 방법은 가지각색이었는데, 수업시간에 글을 쓰는 대신 지우개를 자르거나 샤프로 책상을 파냈다. 그러고는 도무지 아무 생각이 나지 않는다며 책상에 엎드려 잤다. 이렇게 조용히 잠을 자는 아이들은 차라리 고마웠다. 둘이 마주 앉아서 계속 떠들거나 화장실에 다녀온다고 왔다 갔다 하는 아이들도 있었다. 처음에는 내 수업이 재미가 없어서 그러는 줄 알았다. 그래서 더 재미있는 수업을 위해 다양한 자료를 찾아보고, 아이들과 더 친밀하게 지내기 위해 노력했다. 그러나 수업 내용을 바꾸고 아이들과 친하게 지낸다고 해결될 일이 아니었다. 관계는 관계고 글은 글이었다.

그럼에도 불구하고 손을 놓고 있을 수는 없었다. 그래서 '나는 선생이다'를 되뇌며 상냥한 목소리로 책상을 파는 아이에게 글을 쓰면 좋겠다고 타이르기도 하고, 옆에 가서 어떤 글을 쓰면 좋을지 이야기해주기도 했다. 길게 쓰지 않아도 되니 두어 줄이라도 써보자 어르고 달래서 쓰게 하면, 아이는 이 순간만 모면하자는 목적으로 대충대충 썼다. 그래도 쓰는 게 어디냐 싶어 아이가 몇 줄이라도 쓰면 칭찬을 늘어놓았다. 이 부분이 좋다고, 이런 표현은 신선하다고. 세상에서 가장 힘든 일이 글 쓰기 싫어하는 아이에게 글을 쓰게 하는 것이란 걸 그때 처음 느꼈다.

몇 년 후, 다른 학교에서도 비슷한 일을 겪었다. 그 학교도 원래 글쓰기 수업이 선택 과목이었다. 그러나 직전 해에 수업을 들었던 아이들이 글쓰기를 필수 과목으로 지정해달라고 강력하게 요청했고, 마침 인문학의 중요성이 대두되는 시점이었기 때문에 학교에서 필수 과목으로 지정했다. 그 소식을 듣고 나는 걱정했다. 글 쓰기 싫어하는 아이들을 만나 서로 어려움을 겪게 될까 봐.

우려는 현실이 되었다. 중학생 아이들은 반항이랍시고 지우개를 자르거나 책상을 팠지만, 고등학생은 달랐다. 의자를 소리 나게 잡아끌고, 볼펜을 틱 던지고, "제가 이걸 왜 써야 되죠?" 하고 따지기도 했다. 유독 두 아이가 수업에 불만을 가졌는데, 결국 한 아이는 수업에 들어오지 않았고, 한 아이는 수업에 꼬박꼬박 들어오면서 온갖 짜증을 냈다. 아이들의 입장에서 생각하고 노력한다고 했지만, 나도 사람인지라 상처를 많이 받았다. 그러다 마지막 수업시간에 평가서에서 이런 글을 발견했다.

선생님, 선생님이 싫었던 게 아니라, 글쓰기가 너무너무 싫었어요. 수업시간에 화내서 죄송합니다.

이 글을 읽고 글쓰기가 진짜 싫을 수도 있다는 것을 새삼 깨달았다. 솔직히 나는 글쓰기가 싫지 않으니 아이들의 마음을 이해할 수 없었다. 그런데 이 글을 읽고 입장을 바꿔놓고 생각해봤다. 그림 그리는 걸 어려워하는 내게 매주 한 작품씩 그려 제출하라고 한다면 어떨까? 아마도 나는 학교에 가기 싫어서 미술 시간이 있는 전날부터 끙끙 앓을 것이다. 아프지 않아도 아프다 할 것이고 결국에는 결석을 할지도 모른다.

모든 아이가 글을 잘 쓸 필요는 없다. 쓰기 싫은데 억지로 붙들려 와서 시간을 죽일 필요도 없다. 그 시간에 잘할 수 있는, 즐겁게 할 수 있는 일을 하는 게 그 아이의 인생에 더 큰 도움이 될 것이다. 그러니 하기 싫은 일을 하면서 상처받고, 또 누군가에게 상처를 주는 일은 없었으면 좋겠다. 한 번뿐인 인생, 즐겁게 할 수 있는 걸 하면서 사는 게 중요하니까.

그런데 이 이야기는 해야겠다. 글 쓰기 싫다고 책상 파던 그 아이에 관한 이야기다. 수업이 있는 날마다 내 속을 뒤집었던 아이는 중학교 과정을 마치고 다른 대안고등학교로 진학했다. 그러던 어느 날 그 친구에게 SNS로 연락이 왔다. 그동안 잘 지내셨느냐며 안부를 묻는 글은 뜬금없는 고백으로 이어졌다.

　선생님, 그동안 죄송했습니다. 고등학교에 오니 글 쓸 일
이 너무 많네요. 이럴 줄 알았으면 선생님이 쓰라고 할 때
제대로 써볼 걸 그랬어요. 그때 책 한 권 제대로 읽지 않은
것도 후회되고, 글쓰기 시간에 제대로 된 글을 쓰지 않은
것도 후회가 되네요. 이제 와서 하려니 더 어렵고 힘들어
요. 그때 선생님 말 안 듣고 딴짓만 해서 죄송했습니다.

　메시지를 받고 이게 무슨 일인가 싶었다. 글 좀 쓰자고
할 때는 그렇게 책상만 파더니! 아이가 이제야 그날의 자신
을 돌아보고 있구나 싶어 반갑기도 했고, 고맙기도 했다. 그
래서 아이의 학교 주소를 알아내서 답장으로 손편지를 보
냈다. 옆에서 아무리 말해도 직접 경험하지 않으면 모르는
것들이 있다고. 지금이라도 글쓰기의 중요성을 깨달았으니
천천히 하면 된다고 말이다. 내 편지를 받고 다시 감사의 인
사를 전해왔던 아이는 지금 영상 제작을 하고 있다. 영상에
들어가는 카피와 내레이션도 직접 쓰면서.
　이 아이를 보면서 다시 느꼈다. 글이라는 것은 필요하
다고 느낄 때 쓰면 된다고. 마음이 동할 때 쓰는 것이 가장

빠른 시작이라고 말이다. 그러니 세상의 모든 어른들이여! 쓰기 싫다는 아이들에게 글을 쓰라고 강요하지 말자. 언젠가 쓰고 싶은 마음이 들 때, 그때 해도 늦지 않으니까.

숙제하는 선생님,
검사하는 아이들

내 컴퓨터 폴더 안에는 많은 글이 저장되어 있다. 이미 세상
에 나와 여러 사람에게 사랑을 받은 글도 있고, 아직 발표되
지 않고 때를 기다리는 글도 있다. 그리고 매우 특별한 글이
있다. 발표하려고 쓴 글이 아니다. 오로지 아이들에게 '검사
받기' 위해서 숙제로 쓴 글이다.

　글쓰기 수업에는 규칙이 있다. 단어로 글을 쓰든 소리
를 듣고 쓰든 외부에 나가 무언가를 보고 쓰든, 수업을 할
때마다 한 편의 글을 완성해야 한다. 만약 수업시간에 글을
완성하지 못하면 다음 시간까지 완성해서 가지고 와야 한
다. 10년 동안 글쓰기 수업에서 이 규칙을 가장 잘 지킨 사
람은, 나다. 나는 단 한 번도 글을 제출하지 않은 적이 없다.

아이들이 "일주일 동안 너무 바빠서 글을 못 썼어요."라고 말할 때도, 나는 글을 쓰고 강의를 하고 육아까지 하면서 숙제를 제출했다. 그것이 선생으로서 할 수 있는 최선의 일이라고 생각했기 때문이다.

어느 해인가는 하루에 숙제를 두 개씩 제출한 적이 있다. 글쓰기 수업이 필수 과목이 되면서 많은 학생들이 수업을 듣게 됐다. 그러나 다른 사람의 글을 읽고 함께 이야기를 나누는 수업 특성상 너무 많은 인원이 한 반에서 수업을 할 수는 없었다. 그래서 A반과 B반으로 나누었고, 나는 오전 오후에 걸쳐 각각 두 반에 들어갔다. 문제는 두 반의 커리큘럼이 다르다는 데 있었다. 수업을 계획할 때는 똑같은 커리큘럼으로 짰지만, 아이들과 이야기를 나누면서 수업 방향이 달라졌다. 두 반에서 원하는 내용이 다르면 똑같은 글쓰기 수업임에도 불구하고 커리큘럼은 달라진다. A반이 '단어 글쓰기'를 하는 날 B반은 '소리 듣고 글쓰기'를 하고, A반이 'SF 쓰기'를 할 때 B반은 '노래 가사 바꾸기'를 하는 식이다. 어쩌다 A반과 B반이 같은 날 '단어 글쓰기'를 하게 됐다고 해도, 글에 넣을 단어를 아이들이 직접 고르기 때문에 결코 같은 글을 쓸 수 없다. 그래서 오전 수업에서 쓴 글을 오후 수업 때 가지고 갈 수 없다.

당시 나는 이 수업만 하는 게 아니었다. 글도 쓰고 편지에 대한 강의도 하면서 청소년기에 있는 자녀들도 돌보고 있었다. 이렇게 여러 가지 일을 병행하면서 하루에 두 편의 글을 완성하는 것은 무척 부담스러웠다. 수업시간 안에 다 완성하면 되지만, 글이라는 게 그렇게 뚝딱 완성되는 게 아닌지라 집에 와서 숙제를 해야 하는 날도 있었다. 그런데 아무리 계산을 해도 숙제를 할 짬이 나지 않을 것 같은 날이 있었다. 마침 그날 과제를 제출한 아이들이 별로 없었다. 이때다 싶어 나도 다음 주에 숙제를 해 오지 않겠다고 선언했다. 그랬더니 아이들이 강력하게 안 된다고 소리쳤다. 자기들은 숙제를 안 해도 선생님은 해야 한다는 것이다. 너무 어이가 없어서 황당하다는 표정으로 이유를 물었더니, "선생님 글을 읽으면서 배우는 게 많으니까요!"라고 하는 게 아닌가.

우리는 글을 제출할 때 글쓴이의 이름을 적지 않는다. 서너 번 글을 읽으면 작가의 이름이 없어도 이 작품을 누가 썼는지 알게 된다. 아이들은 제출된 작품 속에서 내 글을 단번에 찾아냈다. 아이들 말로는 글의 수준이 다르다고 한다. 일단 구성이 좋고, 문장이 다르며, 뭔가 전문가의 냄새가 난다고 했다. 똑같은 소재로 글을 쓰는데도 뭔가 다른 느낌이라고. 그래서 자기들은 숙제를 해 오지 않아도 나는 꼭 해 와야 한단다. 글쓰기 수업에서 선생님의 글을 읽는 재미를 뺏길 수 없다나 뭐라나. 어찌 들으면 이상한 이 말이 나는 참 좋았다. 내가 쓴 글에서 아이들이 무언가를 배우고 있다는 게 고맙고 기뻤기 때문이다.

　나는 글쓰기 수업 때 글쓰기를 가르치지 않는다. '글이란 무엇인가?', '어떻게 하면 글을 잘 쓸 수 있는가?' 이런 이론은 다른 데서도 얼마든지 배울 수 있다. 시중에 나와 있는 글쓰기 관련 책만 봐도 수십 가지 방법을 터득할 수 있다. 나도 그동안 글을 쓰면서 터득한 방법이 있지만 수업시간에는 이론적인 이야기를 하지 않으려고 노력한다. 이론보다 중요한 것은 실기다. 나는 같은 소재로 함께 글을 쓰고 서로의 글을 돌려 읽고 좋은 부분을 칭찬하면서 '쓸 힘'을 키울 수 있다고 믿는다. 글쓰기에서 가장 중요한 것은 직접 쓰는 것이다. 글을 잘 쓰고 싶다는 욕망을 갖고 있다면, 써야 한다. 아무리 많은 책을 읽고 글쓰기에 대한 지식을 많이 갖고 있다고 해도 쓰지 않으면 소용이 없다. 나는 글쓰기 수업을 통해서 '쓰기의 중요성'에 대해 알려주고 싶었다. 그래서 매주 한 편의 글을 함께 썼는데, 그러는 동안 내 글쓰기 실력이 늘었다. 내 글쓰기 실력의 팔 할은 아이들과 쓰며 제출한 숙제에 있었다고 고백할 수 있다. 그런 의미에서 매주 숙제를 검사해준 목요일의 작가들에게 진심으로 감사의 인사를 전한다.

아이들이 나를
'동료'라고 불렀다

수업에 참여하는 아이들은 자신이 쓴 글을 반드시 종이에 출력해 온다. 그리고 수업이 시작되면 서로의 글을 돌려 읽는다. 친구들의 글이 내 앞에 오면 글을 읽고 느낀 점을 뒷 페이지에 적어준다. 마치 누군가 SNS에 올린 글을 읽고 댓글을 달듯이, 글에 대한 느낌이나 좋았던 부분을 하나하나 적어준다. 비난이나 지적은 하지 않고 글에서 발견한 좋은 점만 적을 수 있다.

친구들의 글을 읽고 좋은 점을 찾아서 쓰라고 하면, "고쳐야 할 부분을 알려줘야 하지 않나요?" 하고 묻는 아이들도 있다. 그럴 때마다 나는 "아직은 때가 아니다."라고 말한다. 일단은 좋은 점을 찾고, 어느 정도 시기가 지나면 고쳐야 할 부분을 찾자고 말이다. 글쓰기가 좋아서 글쓰기 수업을 선택하고 즐거운 마음으로 글을 쓰더라도 누군가의 '빨간펜'은 마음에 상처를 낸다. 고칠 점을 제안하는 사람은 좋은 의도였다고 해도 그걸 받아들일 준비되어 있지 않은 사람에게는 글을 더 이상 쓰지 못하게 하는 폭력이 될 수도 있다. 빨간펜에 쪼그라든 마음이 글을 쓸 힘을 잃게 만들기 때문이다.

나도 알고 있다. 글 쓰는 사람에게 첨삭이 필요하다는 것을. 하지만 나는 첨삭을 하지 않는다. 틀린 맞춤법이야 은근슬쩍 고쳐주지만 글의 구성이나 문장을 어떻게 바꾸라고 조언하지 않는다. 내 생각의 틀에 아이들의 생각을 가두고 싶지 않기 때문이다. 물론 아이들의 글을 보면서 나라면 이렇게 저렇게 쓰겠다는 생각을 한다. 그러나 그것을 입 밖으로 내어 말하면 아이들은 글을 쓸 때마다 내가 조언한 대로 쓰려고 노력할 것이고, 결국 내 그늘에서 벗어나지 못한다. 아이들은 나보다 더 큰 세상을 가졌고, 나는 내 좁은 세상에 아이들을 가두고 싶지 않다.

그리고 글을 첨삭하지 않아도 아이들은 다른 사람의 글을 보면서 배운다. 모두가 함께 같은 소재로 글을 쓰기 때문에, 서로 어떻게 다른 작품을 썼는지 공유하고 내 글이 다른 친구들의 글과 어떻게 다른지 스스로 깨닫는다. '아, 이런 경우 이렇게 쓸 수도 있구나', '이 표현은 정말 좋네' 하며 어떤 것이 좋은 글인지, 내 글에 부족한 점이 무엇인지를 알아내는 것이다. 스스로 깨닫는 일은 다른 사람의 첨삭보다 아이들을 더 성장하게 만든다.

나 또한 아이들의 글을 읽으면서 성장한다. 나도 아이들과 똑같이 글을 쓰고, 아이들과 똑같이 댓글을 받기 때문이다. 나는 아이들의 글을 읽고 솔직하게 댓글을 쓴다. 그런데 나만 그러는 게 아니다. 아이들도 내 글을 읽고 솔직하게 댓글을 쓴다. 어떤 부분이 좋았는지, 전체적인 느낌은 어땠는지 나름의 생각을 적어준다. 선생님이 쓴 글이라고 특별히 잘 써주지 않는다. 어떤 아이는 내가 쓴 글을 읽으면서 이 글을 쓴 사람이 나라는 사실을 알고 댓글을 쓰지만, 어떤 아이는 친구 중에 한 명이 쓴 것이라 확신하고 소감을 적는다. 글쓰기 수업에서만큼은 나는 그냥 한 명의 참여자일 뿐이다. 함께 글을 쓰고 함께 댓글을 적는 사이라고나 할까. 수업 초반에는 내 글이 도드라지게 느껴질 때도 있다. 아이들도 글을 보면 '이건 선생님이 쓴 글'이라고 확신한다. 그러나 수업을 거듭할수록 글쓴이의 경계가 무너진다. 어떤 글이 선생님의 글이고 어떤 글이 친구들이 쓴 글인지 알아차릴 수 없는 경지에 도달한다. 덕분에 우리는 '선생과 제자'가 아니라 완전한 '글 친구'가 된다. 다음은 내가 쓴 〈영혼의 소리〉(72쪽 참고)를 읽고 아이들이 써준 댓글이다.

글로 된 오컬트물을 만드는 것은 필력이 상당하기에 가능하다고 생각합니다. 글이 자아내는 소름이 대단해요. 실제로 붉은 눈의 고양이가 높고 째진 소리로 우는 게 귓가에 아른거렸습니다. 재밌게 잘 읽었습니다. 덜덜.

오늘 유독 고양이가 죽었다는 설정이 많아 조금 안쓰럽다. 글을 읽는 내내 결말이 예상되지 않아 계속 읽고 싶은 욕구가 생겼고, 다 읽고 나서는 조금 충격적이었다. 흥미진진하고 재밌게 잘 봤습니다!

처음 글을 읽을 때부터 중반까지는 신비롭고 무서운 느낌이 많이 들었다. 무서운 글은 보고 싶지 않았지만 결말이 어찌될지 감도 잡히지 않아서 끝까지 열심히 읽었는데, 마지막 반전과 이야기의 잔상이 큰 여운을 남기는 좋은 작품인 것 같다.

나는 한 편의 글을 제출할 때마다 아이들이 어떤 댓글을 써줄지 설렌다. 그런데 이 설렘은 나만 가지는 것이 아니다. 아이들도 자신의 글을 제출할 때마다 친구들이 어떤 느낌을 적어줄지 기대한다고 한다. 정성껏 쓴 글을 읽은 독자들의 반응을 기대하는 것이다. 아이들이 글쓰기 수업이 재미있다고 말하는 것은 이 댓글의 영향이 크다. 지적하지 않고 좋은 점만을 찾아내 써주는 댓글. 게다가 선생님의 글에도 댓글을 쓸 수 있는 수평 구조 덕분이기도 하다. 이런 분위기 때문인지 아이들은 나를 선생이라기보다 동료라고 생각한다. 호칭이야 어쩔 수 없이 "선생님"이지만, 그것은 말 그대로 부르는 이름일 뿐 그들의 마음속에 나는 글을 함께 쓰는 동료다.

　　나는 이 사실이 무척 좋다. 아이들이 나를 한 명의 친구로 받아주는 것 같아서, 나와 어깨를 나란히 하고 걷는 것 같아서, 이렇게 동료로 함께 글을 쓰다 언젠가 동지가 될 것 같아서. 그래서 나는 오늘도 동료들의 댓글을 기다리며 글을 쓴다.

목요일의 작가들

SF가 대체 뭐라고

나는 원래 말랑말랑한 글을 쓰는 사람이었다. 읽고 나면 마음이 촉촉해지는 에세이를 쓰는 사람이었다고나 할까. 20대 때 글을 쓸 때는 수필을 많이 썼고, '감수성이 풍부하다'는 이야기를 많이 들었다. 세상 사는 것이 아무리 힘들고 어려워도 견뎌낼 수 있고, 오늘보다 나은 내일이 있을 거라고 믿으며 글을 썼다. 그래서 절대 글에서 생명을 해치지 않았다. 죽음보다 삶이 더 위대하다고 생각했고, 어떤 경우에도 생명은 살아 있어야 한다고 믿었다. 그게 나에게는 희망이었다. 나는 나와 수업을 하는 아이들도 희망찬 글을 쓰길 바랐다. 그래야 아이들의 삶도 희망으로 가득 찰 것이라고 믿었기 때문이다.

그러나 아이들의 글은 그렇지 않았다. 어둠 그 자체였다. 우중충한 회색빛 글 속에는 늘 감당할 수 없는 괴물이 등장했다. 함께 릴레이 글쓰기라도 할라치면 주인공을 자꾸 죽여서, 나 혼자 죽은 주인공을 다시 살려놓느라 애를 써야 했다. 나는 주인공이 죽는 장면을 꿈으로 처리하기도 하고, 소설로 둔갑시키기도 했다. 그럴 때마다 아이들은 반발했다.

"선생님, 제발 살리지 좀 마세요! 쟤는 죽어야 한다고요!"

그때는 몰랐다. 아이들에게 죽음은 끝이 아니라 새로운 시작이라는 것을. 지금의 나를 죽이고 새로운 나로 태어나고 싶다는 열망이 그렇게 다른 이를 죽인다는 사실을 말이다. 아이들이 생각하는 죽음과 내가 생각하는 죽음의 의미가 달랐다. 나에게는 죽음이 끝이었지만 아이들에게는 아니었다. 그날 이후, 나는 아이들이 죽인 생명체를 되살리지 않았다. 떠날 것은 떠나고 다시 태어날 것은 다시 태어날 수 있도록 두었다. 그것이 아이들이 정의하는 삶이고 희망이었다.

수업을 거듭하면서 아이들의 글 속에서 그동안 만나지 못했던 세계를 만났다. 멀쩡하던 생명체가 일시에 사라지는 것도 보았고, 반은 사람이고 반은 물고기인 생명체가 사는 세계도 만났다. 그런데 진짜 이해하기 힘들었던 것은 판타지 세상이었다. 나는 판타지를 좋아하지 않았다. 현실에 발을 딛고 사는 게 좋은 만큼 글도 그래야 한다고 생각했다. 현실을 잘 녹여낸 글이 좋은 글이라고 생각했던 것이다. 그러나 아이들은 이런 나를 가만두지 않았다. 자신들의 세계 속으로 나를 밀어 넣었다. 그리고 말했다. "선생님! 선생님도 SF를 쓰세요!"

SF가 수업에 들어온 것은 처음이었다. 그해에는 이상하게 판타지와 SF를 쓰는 아이들이 많았는데, 그들의 글을 읽을 때마다 세계관을 이해하느라 얼마나 고생했는지 모른다. 그때마다 나는 솔직하게 고백했다. 이런 장르는 많이 접해보지 않아서 어렵다고. 그랬더니 아이들이 단합해서 나를 단련시키기로 마음먹었는지 수업에 SF 쓰기를 넣었다. '단어 글쓰기'를 하되 그 내용을 판타지나 SF로 써야 한다는 것이다.

국립국어원 표준국어대사전에 따르면, SF는 '시간과 공간의 테두리를 벗어난 일을 과학적으로 가상하여 그린 소설'이다. 현실주의자인 내게 시간과 공간을 알 수 없는 글을 쓰는 것은 쉬운 일이 아니었다. 게다가 '과알못(과학을 알지 못하는 사람)'에게 과학적인 글을 쓰라니! 생각만으로도 머리가 지끈거렸다. 그러나 어찌하랴. 수업시간에 나는 선생이 아니라 함께 글을 쓰는 동료인 것을. 동료들이 쓰자면 써야 하는 게 우리의 규칙이니 SF를 쓸 수밖에.

아이들과 함께 판타지나 SF소설에 사용할 단어를 골랐다. 나를 포함해 열 명이 단어를 하나씩 선택했는데, 들꽃, 주기율표, 오리배, 얼굴, 우리은하, 탁구대, 트럼프, 카드뭄, 와이파이, 몬스터가 나왔다. 이 단어가 들어가는 한 편의 SF를 써야 했다. 나는 오랫동안 단어들을 들여다봤다. 그러다 언젠가 강원도 양양에 갔을 때 아들이 휴대폰으로 몬스터를 잡았던 광경이 떠올랐다. 그래서 양양에서 몬스터를 잡는 내용으로 시작하기로 했다.

한창 글을 쓰다가 좀 놀랐다. 그동안 내가 썼던 분위기와 사뭇 다른 글이 써지고 있었기 때문이다. 글 속에 녹여야 하는 단어들을 하나씩 사용해서 글을 쓰다 보니 그럴듯한 이야기가 되어갔다. '주기율표'라는 단어가 다양한 아이디어를 주었다. 비밀의 공간 이름을 '주기율표'로 한 것은 그곳으로 들어가는 비밀번호를 원소번호로 사용하고 싶었기 때문이다. 시간과 공간의 경계가 없음은 사계절 돌아가면서 피어나야 할 꽃이 동시다발적으로 피어 있는 것으로 표현하고 싶었다. 나는 아이들이 던진 열 개의 단어를 사용해서 죽은 '라'가 살아 있는 '산'에게 나타나 함께 다니는 이야기를 썼다.

완성된 글을 읽으니 평소에 내가 쓰던 것과 많이 달랐다. 일단 그것만으로도 성공이었다. 그러나 한 편을 완성했다는 안도감도 잠시, 그다음에 써야 할 글의 소재는 '인류의 멸망'이었다. 게다가 그 글은 각자가 쓴 SF와 이어지는 시리즈물이어야 했다. 그러니까 전에 썼던 '라'와 '산'의 이야기와 이어지면서 결국에는 인류가 멸망한다는 내용이 들어가야 하는 것이다.

한 사람을 죽이는 것도 어려운 내게, 인류가 멸망하는 글을 쓰라니. 아무리 동료라지만 너무 가혹했다. 그러나 나만 힘든 것은 아니리라! 나는 아이들 중에도 분명히 힘들어하는 이가 있으리라 위안하며, 전작과 이어지는 후속작을 쓰기 시작했다. 시작은 전작과 흡사했다. 주인공들이 매번 비슷한 상황에 처한다고 암시한 부분을 이용했다. 그러나 나는 인류를 영원히 멸망시키는 게 싫었다. 어쩔 수 없이 '산'이라는 사람을 죽여야 했지만 그럼에도 그가 다른 생명체로라도 다시 태어나기를 바랐다. 그래서 그가 식물이 되어 새롭게 태어나는 글로 마무리했다.

재미있는 것은 생명체를 어떻게든 살린 사람이 나뿐만이 아니라는 것이다. 아이들 대부분이 지구의 생명체가 죽는 상황을 그렸지만, 하나의 생명은 어떻게든 살려두었다. 인류의 멸망이라는 소재로 글을 쓰긴 했지만 자기들도 세상이 그렇게 되기를 바라지는 않았던 모양이다.

　SF를 쓰면서 아이들에게 많은 것을 배웠다. 그들은 나에게 글 속에서는 모든 것이 가능하다는 것을 알려주었고, 판타지도 충분히 아름다울 수 있다는 것을 깨닫게 해주었다. 현실의 희망만 생각하던 내 협소한 틀을 과감하게 깨뜨려주었다. 내 글의 영역도 더 넓혀주었다. 때로는 지하에 벙커를 설계하게 했고(디스토피아가 소재였는데 나는 핵전쟁이 일어나 지하 벙커에 사람이 숨어드는 이야기를 썼다), 때로는 죽은 고양이와 강아지의 영혼이 책을 읽어주는 기차를 운행하게도 만들었다. 이런 상상력을 조금만 더 연습하면 『해리포터』 같은 작품도 쓸 수 있지 않을까? 만약 내가 판타지 소설을 발표하게 된다면, 그래서 조앤 롤링처럼 유명한 작가가 된다면, 이 모든 영광을 목요일의 작가들에게 돌려야겠다.

들꽃, 주기율표, 오리배, 얼굴, 우리은하, 탁구대,
트럼프, 카드뮴, 와이파이, 몬스터

Forever

'라'와 양양에 내려온 건 몬스터 때문이었다. **와이파이**를 켜고 접속하면 실사 배경 속으로 등장하는 몬스터가 양양에 가장 많이 출몰한다는 소문을 들었기 때문이다. '라'는 자신이 활동하는 **우리은하** 동호회에서 이 소식을 접한 뒤 나를 찾아와 당장 떠나자고 했다. 별을 연구하는 천문학자들이 몬스터 때문에 휴가를 내고 여행을 떠나다니! 이해할 수 없었지만 나는 잠자코 운전석에 앉아 시동을 걸었다.

양양에 도착해 가장 먼저 찾은 곳은 낙산사였다. '라'는 휴대폰을 켜고 게임에 접속했다. 사찰 곳곳에서 몬스터가 튀어나왔다. 그는 휴대폰을 이리저리 움직이며 정신없이 몬스터를 해치웠다. 몬스터가 사라질 때마다 그의 **얼굴**에 웃음이 번졌다. 그런데 나는 그 웃음이 섬뜩했다. 그의 웃음에서 뭔가 기분 나쁜 기운이 느껴졌기 때문이다.

한참을 몬스터 잡기에 빠져 있던 '라'가 이제 그만 장소를 옮기자고 제안했다. 우리는 바다가 보이는 길을 따라 걸었다. 획- 하고 바람이 불자 맑은 풍경 소리가 들렸다. '라'는 소리의 진원지를 찾으려는 듯 고개를 돌리다 내게 말했다.

"저기 있었군. 풍경을 따라 가면 꽃이 보일지니! 한겨울에 피는 꽃!"

그가 가리키는 곳을 보니 정말 노란 꽃이 피어 있었다. 이름을 알 수 없는 작은 들꽃이었다. 내가 "들꽃이네." 하자 '라'가 말했다.

"세상에 들꽃이란 이름을 가진 꽃은 없어. 사람들이 이름을 모르니까 그냥 그렇게 부르는 거지. 저건 '금계국'이야. 6월에서 9월 사이에 피는 꽃. 한겨울에는 절대 피지 않지. 그런데 왜 여기에 피어 있는지 알아? 궁금하지? 하하하. 가자!"

'라'는 모든 것을 다 알고 있다는 듯 이상한 말을 건네고 걸음을 서둘렀다. 그는 주차장에 도착해 차 문을 열고 내비게이션에 주기율표를 검색했다.

"주기율표? 그런 이름을 가진 곳이 있어?"

"그런 게 있어. 가보면 알아."

'라'는 잠자코 있으라는 듯 더 이상의 정보를 주지 않았다. 내비게이션은 구불구불한 산길 속으로 우리를 안내했고, 뭔가 어둠의 세계 속으로 들어가는 기분이었다. 안개가 자욱한 산길을 달린지 44분이 지나자 특이한 건물 앞에 도착했다. 연구소 같기도 카페 같기도 집 같기도 한, 당최 본질을 알 수 없는 건물이었다. '라'는 "도착!"이라는 말과 함께 차 문을 열고 나갔다. 나도 시동을 끄고 그 뒤를 따라갔다. '라'는 문 앞에서 초인종을 눌렀다. 초인종에서 카미유 생상스의 '죽음의 무도'가 흘러나왔다. 나는 자꾸 뭔가 오싹한 기분이 들었지만 '라'는 무척 들떠 있는 것 같았다.

인터폰으로 '라'의 얼굴을 확인한 누군가가 문을 열어주었다. '라'는 내 얼굴을 한 번 바라본 후 말없이 안으로 들어갔다. 나도 그를 따라 들어섰다가 깜짝 놀라고 말았다. 눈앞에 펼쳐진 거대한 정원에 온갖 꽃이 피어 있었기 때문이다. 믿을 수 없게도 봄 여름 가을 겨울에 피는 모든 꽃이 같이 피어 있었다. 정원 안에 사계절이 모두 있었던 것이다. 개나리, 진달래, 벚꽃부터 민들레, 제비꽃, 코스모스, 국화, 동백까지 계절이 바뀔 때마다 배턴 터치를 하며 피어야 할 꽃들이 동시에 피어 있었다

"여기가 주기율표야. 모든 원소를 한자리에 모아둔 것처럼 모든 꽃들을 한자리에 모아둔 곳! 뭐, 그게 전부는 아니지만 말이야. 말하자면 꽃의 영혼이 머무는 곳이라고 할까? 어쩌면 꽃에 깃든 원자들의 영혼이 있는 곳인지도 모르지."

'라'는 몬스터를 잡을 때처럼 웃고 있었다. 섬뜩한 느낌이 드는 웃음이었다. 그는 나보다 한 발짝 앞서서 걷다가 정원 끝에 있는 유리문 앞에 섰다. 문 앞에는 **카드뮴**이라고 적혀 있었고, '라'는 잠금장치에서 '48'을 눌렀다. 그러자 삐리릭 하며 문이 열렸다.

"오늘은 카드뭄이군. 지난번에는 '라돈'이었는데 말이야. 86번이었지."

안으로 들어서자 거대한 수영장이 있었다. 올림픽을 치러도 될 것 같은 넓고 넓은 실내수영장이었다. 그런데 뭔가 좀 특이했다. 물 위에는 오리배가 떠 있었고, 수영장 끝에는 탁구대가 놓여 있었기 때문이다. 게다가 이상한 것은 인도가 없다는 거였다. 탁구대가 있는 곳에 가려면 물을 통과해서 가야 하는 특이한 구조였다. '라'는 말없이 오리배에 올라탔다.

"오리배를 왜 타는데?"

"그래야 탁구대까지 갈 수 있으니까."

"거긴 왜 가는데?"

"가보면 알아. 자, 시간이 없어. 어서 타."

'라'는 재촉했다. 무슨 일이 벌어지고 있는 것인지 알 수 없었지만, 나는 그의 말을 거역할 수가 없었다. 할 수 없이 나는 오리배에 올라타 그와 함께 발을 굴렀다. 오리배는 수영장을 가로질러 탁구대 앞에 도착했다. '라'는 오리배에서 내려 탁구대 앞에 섰다. 탁구대 위에는 트럼프가 놓여 있었다. '라'는 트럼프를 손에 쥐고 섞기 시작했다. 척척척 촤르르르- 트럼프를 섞는 그의 손에서 타짜의 냄새가 났다. 그는 뒤섞은 카드를 내게 건네며 다섯 장을 뽑으라고 했다. 나는 손에 잡히는 대로 다섯 장을 뽑았다. 그는 그 카드를 탁구대 위에 내려놓았다.

"기회는 단 한 번뿐! 한 장의 카드만 고를 수 있어. 네가 고르는 카드로 모든 것이 결정되지. 자, 골라봐."

"뭐가 결정되는데? 이게 뭔데?"

'라'는 아무 말도 하지 않고 그저 나를 바라보기만 했다. 나는 뭔가 이상한 기분이 들어 카드를 집어들지 않았다. 그때 탁구대 옆에 있던 작은 문이 열리고 이상한 사람들이 뛰어 들어왔다. '라'는 나를 물속으로 밀어 넣었다. 나는 정신을 잃었다.

...

"김산 씨. 정신 차려보세요. 김산 씨!"

누군가 내 이름을 부르는 소리가 들렸다. 눈 속으로 환한 빛이 쏟아져 들어왔다. 나는 살며시 떴던 눈을 감았다 조심스럽게 다시 떴다. '라'의 얼굴이 가장 먼저 보였다.

"라……. 여기가 어디지?"

"아, 기억이 안 나세요? 아직도 라 씨의 얼굴이 보입니까? 최라 씨는 이미 3년 전에 사망했습니다. 당신은 김산이고요. 최라 씨 사망 후부터 착란 증세가 시작됐어요. 당신은 입원과 퇴원을 반복하고 있습니다. 최근 병원을 나간 게 한 달 전입니다. 상태가 좋아진 줄 알았는데, 아니었군요. 당신은 3일 전에 양양의 강에서 발견됐어요. 정신을 잃은 당신이 흘러가고 있는 걸 낚시꾼들이 발견했습니다. 조금만 늦었어도 당신은 폐에 물이 차서 산소 부족으로 죽었을 거예요."

그랬다. 나는 '라'가 세상을 떠난 후부터 제대로 된 삶을 살지 못했다. 그가 계속해서 내 곁을 맴돌았고, 아무에게도 보이지 않는 그가 내 눈에만 보였다. 나는 그를 따라다니다 이렇게 실려오곤 했다. 다시 시작된 걸까. 그의 저주 혹은 집착이.

"자, 이거… 물속에 빠져 있던 당신이 손에 꼭 쥐고 있던 카드예요. 어떻게 이게 손에 계속 있었는지 모르겠는데, 혹시 뭔가 기억을 떠올리는 단서가 될까 싶어서 제가 보관하고 있었습니다. 트럼프 카드인 줄 알았는데, 일반 카드와는 좀 다르더군요. 그림은 스페이드 에이스. 전설에 의하면 '죽음의 카드'라고 불리는 카드죠. 그런데 글자가… 자, 받으세요."

나는 의사가 건네는 카드를 받아 그림을 봤다. 거기에는 스페이드 에이스 그림이 있었고, '08'이라는 숫자가 있었다. 산소였다. '죽음의 카드'에 붙어 있는 산소 번호. '라'는 그렇게 나를 또 살렸다. 그에게는 내가 필요하므로.

나는 며칠 후면 다시 '라'와 함께 주기율표에 가서 똑같은 일을 반복할 것이다. 달라진 것이 있다면 비밀번호뿐. '라'는 주기율표의 문을 열기 위해 08을 누를 것이다.

6

글 속에 사람이 있다

글을 보면 아이들이
선명해진다

B는 내가 만났던 목요일의 작가들 중 가장 밝은 아이였다. 수업시간 내내 유쾌했고, 어두운 구석이라고는 찾아볼 수 없었다. 그런데 이 아이가 글만 쓰면 사람을 죽였다. 글의 흐름상 꼭 죽어야 하는 것도 아닌데 날마다 누군가를 죽였다. 어쩌다 아무도 죽지 않는 날이 있긴 했지만, 그런 때는 주인공이 사람이 아니었다. 반은 사람, 반은 물고기 같은 괴생명체였다. 어느 글에서는 곰팡이가 주인공이 되었고, 또 다른 글에서는 녹이 온 세상을 지배하기도 했다. 평범한 사람이 등장하는 글은 단 한 편도 없었다. 글을 읽을 때마다 아이의 세계 속을 탐험하느라 정신이 없었다.

　기본적으로 B는 글 쓰는 것을 좋아했다. 남들이 한 페이지를 쓸 때 세 페이지는 거뜬하게 써냈다. 이야기를 만드는 게 아니라 머릿속에 있는 것들을 손으로 받아내는 것 같았다. 어느 날은 열 페이지가 넘는 글을 써서 제출했다. 덕분에 제한된 시간에 너무 긴 분량을 읽는 것이 어려워 글의 분량을 세 페이지로 제한해야 했다. 한번은 지난 시간에 완성하지 못한 글을 쓰기로 했는데, B는 집에서 다 써 왔다며 자기는 무엇을 해야 하냐고 물었다. 나는 갖고 있던 책 한 권을 아이에게 빌려주며 이걸 읽고 감상문을 쓰라고 했다. 구병모 작가의 『버드 스트라이크』(창비, 2019)였다.

다음 시간, B는 감상문을 내게 내밀며 말했다. "이 글은 돌려 읽고 싶지 않아요. 선생님만 봐주세요." 나는 그러겠노라 약속하고 B가 세 페이지 가득 자신의 감상을 충실하게 적은 감상문을 읽었다. 내가 B에게 『버드 스트라이크』를 건넨 이유는 그의 글에서 발견한 '어인(魚人)' 때문이었다. 반은 물고기이고 반은 사람인 캐릭터가 이 책에 나오는 반은 사람, 반은 새인 '익인(翼人)'과 겹쳐 보였기 때문이다. 이 책이 분명 B에게 무언가를 줄 것이라고 믿었다.

예감은 적중했다. 아이는 이 책을 읽으며 완전한 것과 불완전한 것에 대해 생각했다고 했다. 불완전한 것 같아 내내 두렵고 무서웠던 자신의 인생이 불완전한 게 아니라는 것을, 자신의 삶도 충분히 완전할 수 있다는 것을 깨달았다며, 그래서 많이 울었다고 고백했다. 감상문을 읽으니 B가 겉으로는 밝고 명랑하지만 내면에는 불안과 두려움이 가득한 아이라는 게, 그래서 그의 글 속에 등장하는 모든 캐릭터가 평범하지 않다는 게 이해되었다. 그날 이후, B의 글이 선명하게 읽혔다. 글 속에 담긴 그의 마음도.

글 속에 아이들이 담겨 있다는 것은 아주 오래전에 깨달은 사실이었다. 그들이 아무리 아닌 척하고 글을 써도, 글에는 아이들의 상황이 어떠한지 짐작할 수 있는 힌트들이 많았다. 나는 그게 무척 고마웠다. 글을 읽으면서 아이들의 마음을 읽을 수 있다는 것이. 부모님 없이 혼자서 여러 명의 동생을 돌보고 있는 아이가 쓴 글에서 홀로 서고 싶다는 갈망을 읽었고, 부조리한 세상에 사는 게 억울하다면서도 자신이 할 수 있는 아주 작은 것들을 찾고 싶어 하는 아이의 마음도 읽었다. 그리고 지금은 가야 할 길을 잃고 헤매고 있지만, 언젠가 나만의 길을 찾을 거라고 믿는 아이도 글 속에서 만났다. 아이들의 글 속에는 지금 여기에서 살아 숨 쉬는 한 사람이 있었다.

아이들의 글을 읽을 때마다 아이들과 한 뼘 더 가까워지는 느낌이었다. 그래서 수업시간에 공감하는 마음을 댓글로 써주었고, 때때로 엽서에 편지글로 담아 전하기도 했다. 손편지는 주로 마지막 수업 때 전해주었다. 아이들이 글을 통해 보여준 마음에 화답하고 싶은 마음도 있었고, 그동안 아이들이 얼마나 멋지게 성장했는지 느끼게 해주고 싶은 마음도 있었다. 이런 이야기는 말로 할 수도 있지만 글이 말보다 강하고 또 오래 남는다는 것을 알기 때문에 일부러 글로 썼다. 아이들에게 어울릴 만한 엽서를 고르고, 펜으로 꾹꾹 눌러 편지를 쓰면서 그 안에 내 마음을 담았다.

림!

우리가 만나 서로를 탐색한 지도 어언 2년. 다른 수업이 아니라 '글쓰기' 수업이어서 서로를 더 세밀하게 알 수 있었던 게 아닐까 싶어. 2년 동안 우리 림이는 더 깊어지고 단단해진 것 같구나. 순간순간 네가 얼마나 많은 생각을 하며 지냈는지, 보이지 않는 것들을 보려고 얼마나 애썼는지 알 수 있었어. 소외된 작은 것에 큰마음을 두는 널 보면서 어쩌면 더 많이, 잘 성장할 거라는 생각을 했단다. 림, 묘한 매력을 발산하는 숲이 되길! 나무 하나하나에 눈길을 주고 그들의 벗이 되어 푸른 삶을 만들어가길, 쌤이 진심으로 응원할게. 이제 끝!이어서 소식이 뜸하겠지만 언젠가 우연히 만나면 와락! 반갑게 인사하자. 아, 전화번호를 알았으니 물귀신처럼 계속 연락할 수 있을지도! 무섭지? 큭큭.

민!
지식의 세계를 탐험하는 걸 즐기는 민! 너와 함께한 시간이 벌써 2년이나 되었다. 그동안 민이가 성장했구나를 느낀 건, 달라진 너의 눈빛이 아니라 마음이랄까. 적극적으로 다가와주고 마음 열어주는 널 보면서, 자꾸자꾸 깊어지는 너의 글을 보면서, 자기만의 세계를 잘 구축하고 있구나 생각했어. 네 글에서는 지성인의 향기가 나. 그 향기가 더 깊어질 수 있도록 지금처럼 너의 세상을 차곡차곡 잘 만들어가길 바랄게. 학교도서관 꾸미고 만드느라 애썼는데 졸업이라 아쉽겠다. 네가 만든 그곳에서 누군가 책을 펼쳐보며 또 다른 꿈을 꾸리라 믿어. 네가 뿌린 씨앗이 어떤 열매를 맺는지 보자. 이제 서로 조금은 소원해지겠지만 네 삶이 더욱더 풍성해지길, 언제 어디서나 너만의 매력을 뿜뿜하며 지혜롭게 살길 바랄게.

글 속에서 만난 아이들을 생각하며 편지를 쓰다 보면

마음이 참 따뜻해졌다. 낯설고 어색했던 아이들이 오랜 시간을 함께한 친구 같아 자꾸만 글이 길어졌다. 작은 엽서에 쓰느라 급하게 마무리하거나 마지막 문단의 글씨가 깨알처럼 작아지기도 했다. 그래도 아이들 눈에는 보였을 것이다. 지난 시간 동안 성장한 자신이, 앞으로의 삶을 격하게 응원하고 있는 한 사람이.

목요일의 작가들

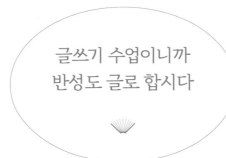

글쓰기 수업이니까
반성도 글로 합시다

돌이켜보면 글쓰기를 원하는 아이들과 수업한다고 해서 모든 수업이 완벽했던 것은 아니다. 아이들은 글 쓰는 청소년답게 감정 기복이 심했다. 모두가 그런 것은 아니었지만 지각도 잦았고, 때때로 자체 휴강을 선언하고 결석하는 아이들도 많았다. 어떤 날은 텅 빈 교실에 혼자 앉아서 아이들이 오기를 기다린 날도 있었다. 이러는 것도 하루이틀이지 뭔가 특단의 조치가 필요했다.

글쓰기 수업은 혼자서 할 수 있는 것이 아니다. 함께 글을 쓰고 돌려 읽고 서로의 생각을 나눠야 하기 때문에 누군가 지각이나 결석을 하면 그만큼 수업의 질이 떨어진다. 그리고 제시간에 나와서 수업에 참여하려는 아이들에게도 무척 기운 빠지는 일이다. 나는 이 문제를 해결하기 위해 아이들과 회의를 열었다.

아이들에게 왜 지각과 결석을 했는지 물었더니, 이유가 백만 가지쯤은 있다고 했다. 밤새 게임의 유혹에서 빠져나오기 힘들어 늦잠을 잔 경우도 있고, 지하철 배차 시간에 문제가 생겼거나, 몸과 마음이 힘들어 하루 제치고 싶은 날도 있다고 했다. 그런데 문제는 이런 일이 반복해서 벌어진다는 것이었다. 우리는 어떻게 하면 이 문제를 해결할 수 있을지 고민했다.

아이들은 '돈이 있는 곳에 마음이 있다'며, 10분 지각에 천 원씩 벌금을 내자고 제안했다. 결석을 하면 그보다 더 비싼 벌금을 내고 나중에 그 돈을 모아서 피자 파티를 하자는 것이다. 아이들 머릿속에는 한 학기가 끝나면 피자 파티를 할 수 있을 만큼 벌금이 모이리라는 계산이 되어 있었다. 그러나 내 생각은 달랐다. 나는 아이들이 무엇이든 돈으로 해결할 수 있다고 믿는 것도 불편했고, 함께하는 사람들의 마음과 시간을 벌금 내는 것으로 끝내는 것도 싫었다. 그래서 조금 특별한 방법을 생각했다. 글쓰기 수업이니까 벌금 대신 글을 내는 것이었다.

벌금으로 쉽게 끝내는 것이 불합리하다고 생각했던 아

이들이 내 생각에 동의했고, 이름하여 '반성문 쓰기'가 지각과 결석의 조치로 결정됐다. 모두가 이해하기 쉽게 '반성문'이라는 이름이 붙었지만, 꼭 반성하는 글을 뜻하는 건 아니었다. 지각을 하게 된 이유를 설명하는 경위서이기도 했고, 지각을 할 수밖에 없었던 사람의 변(辯)이기도 했으며, 자신이 처한 상황을 알리는 고백문이기도 했다.

반성문의 효과는 있어 보였다. 아이들이 지각을 하지 않으려고 노력하는 게 보였기 때문이다. 그러나 삶이라는 게 그렇게 단순하지만은 않아서 한 주가 지나고 두 주가 지나고 세 주가 지나면서 지각하는 아이들이 생겼다. 덕분에 '단 1분이라도 늦으면 반성문을 제출한다'는 규칙 아래 많은 아이들이 다양한 반성문을 제출했다.

어떤 아이는 기상 시점부터 학교에 도착하기까지의 과정을 서술하며 자신이 늦은 이유를 설명했고, 어떤 아이는 지각의 원인이 된 '늦잠'에 대해 분석하고 다음부터는 그런 일이 발생하지 않도록 노력하겠다고 다짐했다. 또 어떤 아이는 자신의 근황을 적으며 지각을 할 수밖에 없었던 물리적, 심리적인 원인을 고백하기도 했다. 나는 이들이 쓴 글을 읽으며 벌금이 아닌 글을 받기로 한 선택이 훌륭했다고 생각했다. 읽는 동안 아이들이 지각과 결석을 한 이유도 충분히 알 수 있었고, 요즘 아이들이 어떤 상황에 있는지도 알 수 있었기 때문이다. 게다가 아이들 입장에선 어떻게든 한 편의 반성문을 완성해야 하니 글쓰기 실력도 늘었을 것이다.

그럼 한번 반성문을 낸 아이들이 다음에는 지각이나 결석을 하지 않았을까? 설마 그런 일이 일어났겠는가? 한 번지각은 두 번 지각을, 두 번 지각은 세 번 지각을 낳았다. 그러나 아이들은 지각을 할지언정 결석은 하지 않으려고 노력했고, 나름 수업에 최선을 다하려고 애썼다. 그것만으로 충분했다. 자신이 선택한 일에 책임지려고 노력하고, 자신의 상황을 누군가에게 이해시키려고 애쓰는 마음. 청소년기는 그런 마음을 배우는 시기니까.

목요일의 작가들 중 J의 반성문

부지런하고 성실하게 약속을 준수한 사람들에게 피해를 끼치게 된 것, 그들의 시간을 소홀히 여겨 뺏게 된 일은 스스로 잘못을 알아야 할 일입니다. 반성문을 적는 것도 마땅히 제게 부과된 책임입니다. 우선적으로 먼저 사과드리겠습니다. 이제부터는 늦게 된 경위와 원인을 고치려는 태도에 대해 적겠습니다.

늦은 기상으로 하루를 시작했습니다. 아홉 시쯤 눈을 떴는데 약속 시간인 열 시 반까지 모든 준비를 마치고 길을 떠나기에는 촉박한 시간이었습니다. 잠을 푹 잔 덕에 말끔한 정신으로 준비를 재빨리 끝내고 역까지는 도착했습니다. 아직 역 모니터 상으로 지하철은 근처에 없었고, 저는 일어났을 때부터 느껴졌던 복통을 해소하고자 역 화장실에 앉아 있었습니다. 그 사이 지하철이 지나가버렸고 저는 화장실을 나와서도 들어가기 전처럼 멀리 있는 지하철을 기다려야 했습니다. 그 뒤로는 지하철을 타고 버스로 환승해서 평소처럼 학교까지 왔는데 그 과정에선 별다른 문제는 없었습니다.

늦은 기상과 화장실에 앉아 있던 것이 제가 지각한 요인입니다.

맞춰놓은 알람 소리도 듣지 못하고 겨우 부모님이 깨워주셔서 일어났습니다. 날씨가 추워지니 잠은 길어지는데 그걸 감안하지 않고 알람을 이르게 맞춰놓아 잠에서 깨지 못했던 것 같습니다. 평소 새벽 시간에 활동하는 걸 좋아해 알람을 새벽에 맞춰놓는데, 감당할 수 없음에도 불구하고 무리한 계획을 세운 잘못이었습니다. 지각을 반복하지 않기 위해 필요한 수면 시간을 충분히 계산한 다음, 적절한 기상과 취침 시간을 정해놓고 지키겠습니다.

화장실에 안일하게 앉아 있었던 것도 시간을 더 소비하게 만들었습니다. 복통이 극심한 것도 아니었고 지하철이 정확히 어디쯤 와서 얼마나 걸릴지도 생각하지 않은 채로 태평하게 폰으로 뉴스나 챙겨 보고 있었다는 것은 이미 실수가 예고된 상황이었습니다. 지금 되새겨보면 그때의 제가 얼마나 똑부러지지 못했는지 통감합니다. 복통은 불시에 찾아온 것이지만 제가 여유 있게 집에서 출발했다면 지각 자체를 예방할 수도 있었으니까요.

오답을 보고 잊었던 정답을 떠올리는 학생처럼, 반성문을 적어나가며 어떻게 해야 지각을 예방할 수 있을지 다시 생각했습니다. 저의 지각으로 소중한 수업시간을 허비하게 만든 것에 대해 한 번 더 사과드리면서, 오늘의 글과 생각, 경험을 참고해서 다시 실수를 반복하지 않겠다는 약속으로 글을 마무리하겠습니다.

목요일의 작가들

작가들의
수업 평가서

수업을 진행하는 학교마다 수업 차시가 다르지만, 대부분 여름과 겨울을 기점으로 한 학기가 끝난다. 학기마다 수업을 듣는 아이들도 다르고 내용도 다르기 때문에 한 학기가 끝나면 수업 평가를 한다. 아예 한 시간을 따로 잡아서 한 학기를 평가하는 '나름의 평가서'를 쓰기도 하고, 몇 개의 안건을 뽑아서 메모처럼 짧게 쓰기도 한다. '나름의 평가서'를 쓸 때는 자유로운 방식으로 쓸 것인지, 보고서용으로 쓸 것인지, 아니면 큰 종이에 디자인을 곁들여 쓸 것인지 결정한다. 언젠가는 보고서 형식으로 썼고, 언젠가는 나에게 보내는 편지글 형식으로 썼으며, 언젠가는 커다란 전지에 마치 잡지를 꾸미듯이 여러 가지 꼭지를 구상해 작업하기도 했다.

수업 초창기에 썼던 방법은 한 편의 평가서를 작성하는 것이었다. 한 학기 수업을 돌아보며 각자가 생각한 것들을 자유롭게 한 편의 글로 썼다. 아이들은 그동안 수업시간에 썼던 글을 꺼내 읽으며, 자신이 수업에 어떤 자세로 임했는지 돌아보고 글을 썼다. 다음은 한 아이가 쓴 평가서 중 일부분이다.

2학기에는 이야기글들을 무척이나 많이 썼던 것 같습니다. 미숙하고, 울퉁불퉁하고, '것'의 무한한 사용과 쉼표로 범벅된, 흔한 내용에 메시지를 제대로 전달치도 못할뿐더러 때론 저조차도 헷갈리는 글. 자판을 두드리며 한 자 한 자 박아 넣을 때마다 항상 스스로를 반복하여 꾸짖었습니다. 그럼에도 글을 써나갔다는 것을 한 해의 마지막에 돌아보니, 사투를 결실로 빚어냈다는 위안을 얻었던 듯합니다. 매번 다른 조건을 받아 글을 작성하는 일은 무척 어렵고 고비가 많은 일이었지만, 이렇게라도 한 가지 확실한 기틀을 세워놓고 글을 쓰지 않았다면 망설임 많은 제가 글 한 편이라도 완성해내었을지는 모르겠습니다. 오히려 주어진 제한이 제게 도움이 되었던 것 같습니다.

그렇게 낯부끄러운 글을 완성한 뒤 친구들이 읽게 두어야 할 때는, 저는 증기기관차 같은 소리를 내며 뛰어다니고 싶었습니다. 저의 불친절하고 이기적이고 독백 가득한 글을 꼬박 읽고, 불모지에서 꽃피우듯 어떻게든 좋은 말을 전해주려는 맘씨 좋은 친구들이 이 수업을 함께했다는 게 얼마나 커다란 행운이었던지. 수업을 진행해주신 성희쌤께서는 항상 제 초라한 자신감을 북돋아주시며 글을 이어 나갈 수 있도록 도와주셨으니, 저는 글쓰기 수업에서 글만 쓴 것이 아니라 모두에게 큰 도움을 받은 셈입니다. 그것에 감사하다는 마음을 전하고 싶습니다.

아이들이 가장 선호하는 평가는 '시험'을 보는 것이다. 나는 백지를 들고 교실에 들어가 진지한 목소리로 "한 학기가 끝났으니 시험을 보겠다."고 말한다. 이번 학기에 나와 처음 수업을 한 친구들은 당황한 표정을 짓지만, 나와 한 번이라도 수업을 했던 아이들은 웃는다. 이게 시험지가 아니라 '롤링 페이퍼'라는 것을 알기 때문이다.

나는 아이들에게 백지를 한 장씩 나눠준 후, 각자 평가서에 적고 싶은 내용이 있는지를 묻는다. 아이들은 글쓰기 수업에서 가장 재미있었던 글쓰기와 그 이유, 다음에 이 수업이 개설된다면 써보고 싶은 글의 종류, 롤링페이퍼의 주인에게 추천하고 싶은 글쓰기 장르 같은 것을 쓰고 싶다고 말한다. 나는 아이들이 불러주는 이야기를 칠판에 번호를 붙여 하나씩 적는다. 그리고 맨 마지막에 내가 아이들과 함께 나누고 싶은 것도 쓴다. 대부분은 '한 학기 동안 글쓰기를 하면서 나는 어떤 성장을 했나요?'와 같은 질문이다. 아이들은 칠판에 적힌 문항을 보고 백지에 정성껏 답을 적는다. 다음은 나의 질문에 아이들이 답해준 것이다.

전에는 주변에서 소재를 가져와서 힌트를 얻기만 했는데, 이제 머릿속에서 새롭게 창조하는 기술이 늘어난 것 같다. 글쓰기 수업을 하면서 '문학적인 사람'이 되었다.

원래 혼자 글을 쓸 때는 자료조사를 하지 않았는데, 수업을 들으면서 하게 되었고, 명동이나 미술관에 가보고 글을 쓰는 경험으로 시각적인 것에 대해 쓸 수 있게 되었다. 그리고 세상을 바라보는 시각이 조금 달라졌다.

글쓰기에 대한 열정…! 목표가 생겼다. (단편소설을 써보고 싶다. 장편은 겁남.) 평소에 심심풀이로 가사를 쓰는데 한 단계 더 올라간 느낌!

인간 ○○○이 아니라, 글 쓰는 ○○○으로 새롭게 시작하게 된 '새 출발'이었다. 글쓰기 시간은 언제나 미지의 세계를 경험할 수 있었던 '겨울왕국'이었고, 글을 쓰고 싶다는 생각만 했는데 진짜로 써볼 수 있는 '기회'가 되어주어 고마웠다.

아이들은 날마다 조금씩 성장한다. 그게 우리의 눈에 보이지 않을 뿐이다. 그것을 확인하려면 오랜 시간이 필요하다. 글쓰기를 통해서 달라진 아이들을 만나려면 최소 3개월의 시간을 기다려야 한다. 물론 1년이나 2년을 함께하면 그만큼 더 성장한 아이들을 만날 수 있다. 아이들이 자라는 동안 동료가 되어 함께 쓰고 읽는 것이 나의 몫이다.

나는 마지막 수업을 좋아한다. 아이들이 지난 시간을 돌아보며 자신이 얼마나 성장했는지 스스로 확인하고, 친구들에게 너는 이렇게 성장했다고 말해주는 시간이기 때문이다. 그리고 나도 선생으로서 얼마나 성장했는지 아이들에게 들을 수 있는 귀한 시간이기도 하다. 우리는 평가서와 함께 서로가 서로에게 하고 싶은 말을 적는 종이를 돌린다.

그러면 아이들은 정성을 다해 서로에게 힘이 되는 말을 써 준다. 그 말들이 서로를 계속 쓰게 하고, 자라게 만든다. 우리가 '평가서'라고 부르는 종이의 진짜 정체는 서로가 서로에게 써주는 '성장 보고서'다.

작가들이 내게 건넨 말

선생님 글을 읽을 때마다 깊이가 다르다는 생각을 했어요. 뭔가 가볍지 않고 많은 글을 써오신 게 느껴진다고 해야 할까요? 내년에도 잘 부탁드려요.

선생님, 이번 학기 동안 꾸준히 글을 쓸 수 있어 글에 대한 자신감도 늘고 좀 익숙하게 느껴졌습니다. 다음 학기에도 만날 수 있다면 만나요!

쌤의 글은 역사 속 인물 또는 건물(공간) 등을 소재로 썼다는 점이 저에게 새롭게 다가왔습니다. 이번 학기에도 같이 글을 써서 좋았어요.

선생님 덕분에 글쓰기에 관심이 생겼고, 앞으로의 목표도 생긴 것 같아요! 쌤이 추천해주신 책 읽으려고 샀는데 읽을 정신이 없네요. 꼭 읽고 나서 재밌는 소설로 다시 돌아오겠슴닷!

편한 분위기 속에서 원하는 글을 쓸 수 있게 해주셔서 감사합니다. 글을 처음 써볼 수 있는 기회를 주셔서 감사하고, 좋은 조언과 칭찬을 해주셔서 감사합니다. 다음에 또 수업할 수 있으면 좋겠어요.

쌤! 쌤의 글은 볼 때마다 정갈해서 읽기 편했어요. 나중엔 좀 더 과감한 소재로 쓰셔도 좋을 것 같아요.

쌤이 쓰신 글은 유독 편안하고, 누가 봐도 쌤 글이었어요. 글쓰기 수업 덕분에 어떻게 하면 다른 사람이 제 글을 잘 읽을 수 있을지 생각해보는 시간이었어요. 감사합니다.

선생님, 어느 때는 칼 같고 어느 때는 두부처럼 다정하셔서 뜨악! 했는데, 다 이유가 있다는 것을 깨달았어요. 재밌고, 글 정리도 잘하시고, 수업이 잘 되게 해주셔서 좋았어요. 독자에게 친절한 글을 배우고 싶어요! 감사합니다. 책 사서 읽어보고 싶어요!

글쓰기 수업 덕에 자주 써보지 않던 장문의 글도 써보고, 오랜만에 소설책 읽고 독후감도 써보았네요. 반 분위기도 전체적으로 즐겁고 화목해서 더 재미있었던 것 같네요.

목요일의 작가들

처음에는 듣기 싫었는데 첫 수업 듣고 글쓰기 수업이 기다려졌어요. 평소에 책도 한 권도 안 읽고 신문도 안 읽을 만큼 글을 싫어했는데, 선생님 덕분에 글과 많이 친해진 것 같아요.

어렵고 고뇌한 시간들이었지만, 그만큼 월요일이 기다려진 재밌는 시간이었습니다.

악플 없이 피드백 받는 것이 생각보다 기분 좋은 일이라고 느꼈어요. 수행평가로 적는 글은 맨날 빨간펜으로 숫자가 되어 돌아오는데, 글쓰기 수업은 무슨 느낌을 받았는지 궁금한 수업이어서 참 좋았어요. 글쓰기 폴더에 7개의 글이 나란히 있는 게 아주 뿌듯해요.

친근하게 글도 같이 쓰고, 뭔가 같이 수업을 진행해가는 동료 같아서 편안하고, 어렵지 않고, 재밌는 선생님인것 같았습니다. 정말 재밌는 수업이었고, 글에 대한 흥미도 더 생긴 것 같아요.

표류도
항해야

아이들과 글을 쓰기 시작한 지 10년이 되었다. 강산이 변한
다는 그 10년 동안 나는 다양한 아이들을 만났다. 덕분에 청
소년이 어떤 어려움을 겪고 있는지도 조금은 알게 되었다.
학업이 주는 스트레스, 친구 관계에서 느끼는 어려움, 부모
와 단절된 소통, 세상에 쓸모없는 불필요한 존재라는 자괴
감, 무엇 하나 내 뜻대로 할 수 없다는 절망감 등이 청소년
의 숨통을 틀어막고 있었다. 삶에 호흡 곤란이 오자 아이들
은 아예 입을 다물었다. 더러는 입뿐만 아니라 세상으로 나
오는 문까지도 걸어 잠그고 숨어버렸다. 몇 해 전에 만났던
J도 그런 친구였다.

  J를 처음 만난 건 맛보기 수업을 하던 날이었다. 고등과

　　　　　목요일의 작가들

정 친구들과 글을 쓰기 위해 맛보기 수업을 준비했는데, 이 수업을 듣고 세 명 이상이 글쓰기 수업에 참여한다고 신청하면 수업이 개설될 터였다. 나는 준비해 간 PPT 파일을 열고 수업을 진행했다. 한참 설명을 하고 있는데, 갑자기 드르륵 교실 문이 열렸다. 지각생이 들어오는 소리였다. 나는 지각생을 향해 인사를 건넸다. 지각생은 고개를 꾸벅하고 말없이 빈자리를 찾아 앉았다. 나는 아무 일 없었다는 듯이 수업을 이어갔다.

나는 수업할 때 나만 말하지 않고 아이들의 의견을 자주 구한다. 정답을 정해놓고 질문을 하지 않고 각자의 생각은 어떤지 말해달라고 부탁한다. 대개 원하는 아이가 말할 수 있도록 기회를 주지만, 아무 말도 하지 않는 아이에게도 일부러 말할 수 있는 시간을 준다. 그날도 그랬다. 다른 날과 마찬가지로 여러 가지 생각거리를 놓고 이야기를 나눴다. 여러 아이들이 자신의 생각을 이야기해주었다. 그런데 지각생이 수업시간 내내 한 마디도 하지 않았다. 나는 일부러 그 아이에게 생각을 말해달라고 청했다. 그러나 요청을 하면서 좀 떨긴 했다. 입을 꾹 다물고 있는 아이가 대답을 하지 않으면 수업 분위기가 어색해질 것 같았기 때문이다. 기우는 적중했다. 아이는 내 청에도 불구하고 한 마디도 하지 않았다.

　마음에 스크래치를 받은 수업을 마치고 며칠이 지나 학교에서 연락이 왔다. 글쓰기 수업이 개설되었다는 소식이었다. 길잡이 선생님은 아이들이 짠 수업 계획서와 신청자 명단을 보내주었다. 거기에 그 지각생이 있었다. 비록 수업에 지각은 했지만, 내가 묻는 말에 한 마디도 대답하지 않았지만, 글에 대한 관심을 가지고 글쓰기 수업을 신청했다니 얼마나 반가운 일인가? 나는 설레는 마음으로 수업을 기다렸다.

　그러나 첫 수업 날, 아이는 학교에 오지 않았다. 그다음 수업에도 나타나지 않았다. 수업을 신청해놓고 오지 않다니! 나는 길잡이 선생님에게 상황을 물었다. 아이가 왜 수업에 오지 않는지, 다른 수업에도 참여하지 않는 것인지 궁금했기 때문이다. 아이는 세상으로 나오는 문을 잠가놓은 상태였다. 학교에 와도 누구와도 대화를 나누지 않았고, 점심시간에 밥도 먹지 않았다. 결석과 지각이 잦았다. 이야기를 듣고 나는 길잡이 선생님에게 부탁했다. 아이에게 과제를 전달해달라고. 수업에 오지 않는 아이에게 과제를 전달하는 것은 '내가 너에게 관심을 갖고 있어!'를 암묵적으로 보여주는 방법이었다. 내가 보낸 텔레파시를 받고 그 아이가 수업에 참여하기를 바랐다. 그리고 아이가 글을 써서 마음속에 들어찬 말을 쏟아내기를 바랐다. 그럼에도 불구하고 아이가 숙제를 제출하리라는 기대는 하지 않았다. 학교에도 오지 않는 아이가 자신을 소개하고 드러내야 하는 글을 쓸 리가 없지 않은가. 그런데 이 반전의 아이는 내 메일로 숙제를 제출했다. J가 보낸 글은 이렇게 시작했다.

거리를 걸으면서도 부러워합니다. 주의 깊게 보지 않아도 보이는 사람들. 어떤 옷을 입었든, 어떤 얼굴을 가졌든, 어떤 시대에 태어났든 그런 것은 상관할 필요가 없습니다. 그저 이 사람들이 어느 거리에 존재하건 자연스럽다는 것이 저에게는 우상처럼 비추어집니다.

글 속에는 세상 어디에도 어울리지 못하는 한 아이가 있었다. 아이의 글은 이런 고백으로 끝났다.

그저 넓디넓은 망망대해 속에서 시간의 파도를 맞아가면서 표류하고 오로지 원망과 죄책감, 불안만이 함께하는 여행을 하는 것 같습니다. 저는 도착할 좌표가 없습니다. ……저는 오늘도 언제 부서질지 모르는 뗏목에서 안주하고 있습니다. 근처에 보이는 것이라곤 흐르는 바닷물밖에 없는 커다란 세계 속에 어색하기 그지없는 한 점의 뗏목. 저을 노도 없어서 파도가 흐르는 대로 흘러가버릴 수밖에 없는 뗏목 위의 사람, 그게 바로 저입니다.

글을 읽으면서 마음이 아팠다. 도대체 세상의 무엇이 이 아이를 두렵게 만들었을까? '도착할 좌표가 없다'는 문장이 가슴에 박혔다. 나는 가만있을 수 없었다. 바로 답장 버튼을 클릭하고 답장을 썼다. 표류도 항해를 하는 과정이라고. 그러니 다음 주에는 얼굴을 봤으면 좋겠다고.

고맙게도 아이는 다음 수업에 참석했다. 그리고 함께 글을 쓰기 시작했다. 물론 아이는 자체 휴강을 하거나 지각을 하는 날이 많았지만, 되도록 수업에 참여하려고 애를 썼다(고 생각한다). 나는 J를 볼 때마다 계속 말을 걸었다. 수업시간에 질문을 하고, 우스갯소리를 던지고, 점심시간마다 밥을 먹지 않는 아이에게 일부러 말을 걸었다. 그리고 "너에게는 글 쓰는 재주가 있으니 수업에 빠지지 말라"고 전했다. 열심히 써서 나중에 크게 되면 "모든 영광을 윤성희 선생님께 돌리라"는 말도 빼먹지 않았다. 시간이 지나면서 J는 친구들과 선생님들에게 말을 걸기 시작했다. 2학기에는 교실에서 큰 소리로 웃고 떠들었다. 나는 그게 좋았다. J가 마음에 고인 말들을 글로 풀어내는 것도 좋았지만, 세상을 향해 마음을 열었다는 게 참 좋았다.

학기 초 도착할 좌표가 없다고 했던 J는 한 해를 마무리하며 이야기꾼이 되고 싶다고 고백했다. 1년간의 학교생활을 평가하는 글에서 이 고백을 발견했을 때, 나는 펑펑 울었다. 아이에게 도착할 좌표가 생겼다는 게 기뻤기 때문이다. 1년만 더 함께하면 지금보다 단단해질 것 같았다. 더 넓고 거친 바다를 자신 있게 항해할 수 있을 것 같았다. 그러나 J는 일본 유학을 준비한다며 학교를 떠났다.

J가 떠난 후에도 종종 생각이 났다. 잘 지내고 있는지, 글은 계속 쓰고 있는지 궁금했다. 그래서 가끔 카톡으로 안부를 물었다. 그러나 아이는 오랫동안 대답을 하지 않았다. 지워지지 않는 1을 확인하며 나는 그저 J가 잘 지내기를 바랐다. '날려보내기 위해 새를 키운다'는 시인의 말을 떠올리며, 모두 날아갔다고 생각했다. 그런데 2년 후 어느 날, J에게 연락이 왔다. 일본어로 된 문서를 찍은 사진과 함께였다.

선생님의 글쓰기 수업을 통해서 글과 이야기에 대한 제 마음을 재확인할 수 있었고, 이렇게 일본 대학의 문학부 입

시를 준비해 합격할 수 있었습니다. 매일같이 글을 쓰진 못하지만, 선생님의 가르침을 기억하며 시시각각 즐겁게 글을 쓰기 위해서 노력하고 있습니다. 오랜 시간이 지났지만, 선생님의 가르침에 대한 감사함을 꼭 전해드리고 싶어서 이렇게 불시에 연락을 드렸습니다. 가르쳐주셔서 정말 감사했습니다. 대학에 들어가서도 열심히 공부하겠습니다.

아! J가 일본에 있는 대학에서 문학을 공부하게 됐다는 소식이었다. 아이는 유학을 준비하고 한 차례 낙방을 했던 터라 연락을 할 수 없었다고, 당당하게 합격해서 나에게 소식을 전하고 싶었다며 그간의 사정을 설명했다. 가슴이 먹먹했다. 날려보낸 새가 드넓은 창공을 날고 있다는 사실이, 그러면서 지상에서 만난 나를 기억하고 있다는 사실이 사무치게 고마웠다. 좌표를 잃고 표류라는 항해를 하던 아이가 도착할 좌표를 찾고, 그곳에 안착해 하늘을 향해 날아오르고 있다니! 가슴이 뜨거워졌다. 나는 J에게 아낌없는 축하를 보냈다. 메시지 속에서도 나의 흥분과 하이톤이 느껴지도록.

얼마 전, 대학에 입학한 J는 방학을 맞아 한국에 잠깐 온다고 연락해왔다. 대학 공부에 글쓰기가 이렇게 중요할 줄 몰랐다며, 방학 동안에는 글 쓰는 감을 다시 잡아야겠다는 뜻도 전했다. 그 소식을 읽으며 나는 이제 영광을 받을 날만 기다리면 되겠다고 생각했다. 나는 수업할 때마다 아이들에게 말한다. 너희가 나중에 글을 써서 유명해지면, "이 모든 영광은 윤성희 선생님께 돌립니다."라고 말해야 한다고. 내 평생소원이 영광 한번 받아보는 것이라고. J에게 언젠가 그런 날이 온다면 아이는 그렇게 말할 것이다. 우리는 이미 오래전 수업시간에 약속을 했고, J는 그 약속을 기억하고 있을 테니까.

선생님도
자라는 중이야

나는 실업계 고등학교에서 컴퓨터 프로그래밍을 배웠고, 졸업 후에는 직장에 들어가 사무직으로 일했다. 모두가 인정하는 좋은 회사였지만 회사 생활이 즐겁지 않았다. 한 달 주기로 똑같은 일을 반복하는 것도 싫었고, 아무리 계산기를 두드려도 맞지 않는 숫자 때문에 머리가 터질 것 같았다. 나는 스트레스가 쌓일 때마다 PC통신 동호회 게시판에 글을 올렸다. 평소에는 마음이 시키는 말들을 쏟아내다가 번개 모임에 참석하는 날에는 어김없이 후기를 썼다. 모임 장소로 출발하는 순간부터 모임에 참여하고 집에 돌아와 글을 쓰는 순간까지, 단 한 순간도 놓치지 않겠다는 마음으로 세밀화를 그리듯 아주 자세히 글을 썼다. 다른 도시에 살거나 사정이 있어 모임에 참석하지 못한 사람들이 내 글에 열광했다.

그들은 한결같이 말했다. 내 글을 읽으면 그 자리에 있는 것 같다고. 거기에서 보고 듣고 말하고 느끼는 것 같다고. 번개나 정기 모임이 있을 때마다 많은 사람들이 내 글이 올라오기를 기다렸다. 동호회원들의 이런 기대는 나를 쓰게 만들었다. 독자가 기다리고 있으니 안 쓸 재간이 없었다. 나는 게시판에 공지되는 대부분의 모임에 참여하고 후기를 올렸다.

그러던 어느 날, 나는 이들의 응원에 힘입어 작가가 되기로 결심했다. 이 무슨 뚱딴지 같은 결심인가 싶겠지만, 나의 지난 세월을 돌아보면 그다지 엉뚱한 결심은 아니었다. 초등학교 5학년 때 방학 숙제로 제출한 독후감과 글 몇 편으로 상을 받은 적이 있다. 글로 상을 받은 건 처음이었다. 학교에서 글 잘 쓰는 아이로 인정을 해주니 용기가 났다. 이후 학교나 반에서 어떤 글이 필요하다고 할 때마다 자진해서 손을 번쩍 들었다. 덕분에 남들보다 습작할 기회를 많이 가질 수 있었고, 그만큼 실력을 더 쌓을 수 있었다. 중고등학생 때는 매일 편지를 썼고, 교지 편집부로 활동하며 글을 보는 눈을 키웠다. 백일장에서는 늘 상을 받았다. 그러나 단

한 번도 작가가 되어야겠다는 생각을 하지 못했다. 고등학교를 졸업하고 직장에 들어가 밥벌이를 하는 것이 최선의 삶이라고 생각했다. 월급을 받아 살림에 보탬이 되는 것, 그것이 내가 해야 할 일이었다. 청소년기의 내 세상은 이처럼 협소했다. 그러다 컴퓨터 앞에서 내 글을 기다리는 사람들의 응원을 받으니, 가슴 안에서 꿈틀대는 무언가가 느껴졌다. 한 달을 주기로 숫자를 맞추고 있을 게 아니라, 밥벌이만을 위해서 사는 게 아니라, '쓰는 삶'을 살고 싶다는 열망이 생긴 것이다.

회사를 그만두고 글을 쓸 수 있는 길을 찾아다녔다. 인터넷도 없었고 정보가 많지도 않은 시절이었다. 알음알음 지인들에게 묻고 맨땅에 헤딩하는 마음으로 글 쓰는 법을 배우며 쓰는 삶을 살기 위해 애썼다. 그렇게 방송작가, 카피라이터, 웹 기획자, 리포터, 작사가, 프리랜스 작가로 살았다. 라디오 프로그램과 다큐멘터리 대본을 썼고, 크고 작은 행사의 진행 시나리오와 기업들의 홍보 브로셔 문구, 홍보 영상 시나리오를 썼다. 이러닝(e-learning) 콘텐츠를 기획하고, 전시관 패널에 들어가는 카피를 쓰고, 기업이 요청하는 브랜드 네이밍을 하고, 회사의 사보를 맡아 기획부터 원고 작성을 진행했다. 애니메이션 시나리오, 교육 만화 원고, 가사도 썼다. 기회가 될 때마다 쓸 수 있는 거의 모든 글에 도전했고, 그러다 30대 중반에 방송대에 들어가 공부를 시작했다. 일하며 공부하는 삶도 재미있었다. 체력적으로 무척 힘들었지만, 때때로 '내가 무슨 부귀영화를 누리겠다고 이 나이에 공부를 하고 있나?' 싶을 때도 많았지만, 그 시간들은 나를 충만하게 했다. 그렇게 4년 만에 공부를 마치고 청소년들을 만났다.

나는 가끔씩 생각한다. 내가 남들처럼 인문계 고등학교를 다니며 입시를 준비하고, 스무 살에 대학을 가고, 졸업하고 취업하는 삶을 살았다면, 다른 삶을 사는 친구들의 마음을 이해할 수 없었을 거라고. 남들과는 다른 삶을 살면서 다양한 경험을 한 덕분에 학교 밖 청소년들과 마음을 나눌 수 있었다고 말이다. 그래서 아이들에게 남들이 정해준 길로 걸어가지 않아도 된다고, 너만의 길을 가도 된다고 말해줄 수 있었던 시간에 감사한다.

그럼에도 마음에 그늘이 남은 순간들이 있다. 아이들의 손을 끝까지 잡지 못했던 순간들이 있었기 때문이다. 대안교육기관에는 다양한 아이들이 있다. 입시를 지향하는 공교육이 자신이 추구하는 바와 맞지 않아 이곳을 선택하거나, 자폐스펙트럼 장애를 가진 아이들이 조금은 천천히 세상을 배우기 위해 오기도 한다. 학교 폭력으로 상처받은 아이들이 세상과 관계를 이어가기 위해서 오기도 하고, 말할 수 없는 어려운 일들을 겪고 오기도 한다. 나는 이 모든 아이들과 함께 나란히 서서 글을 쓰고 싶었다. 그러나 이들과 함께 걷기에는 내 걸음이 너무 빨랐고, 이들을 기다리기에는 내가 너무 급했던 날들이 있었다. 내가 발 맞추지 못하고 기다려주지 못해 글쓰기 수업을 포기하고 글과 멀어진 아이들이 있었다. 이들을 품기에 내 세상이 너무 좁았다는 것을 깨닫게 될 때마다 마음에 그늘이 생긴다. 그 아이들과 나란히 서서 기다릴 수 있었다면, 끝까지 함께 글을 쓸 수 있었다면, 내가 조금 더 큰 사람이었다면 좋았을 텐데.

10년이란 세월은 짧은 시간이 아니지만 한 사람의 삶에 비춰보면 그리 긴 시간도 아니다. 대나무에 마디 하나가 생기듯 내 마음에도 마디 하나 생긴 시간이라고 할까. 이제 새로 시작하는 10년은 첫 마디가 생겼던 날들보다 더 큰 품으로 아이들을 맞이하는 선생이고 싶다. 앞으로도 나의 키는 지금의 키를 넘지 못하겠지만, 마음만은 거인이 되어 글을 품은 아이들을 다 끌어안을 수 있게 되기를, 하루하루 마음의 키가 1밀리미터라도 자라는 선생이 되기를 바라고 또 바라본다.

너희는 나무로 자라다 숲이 되겠지

얼마 전 S를 만났다. 대학교에 들어간 S는 인문학부에 진학해 역사를 전공으로 선택했다. 그러나 코로나19가 터져서 학교를 가본 적이 한 번도 없다고 했다. 줌(zoom)으로 하는 수업에 적응하는 것도 쉽지 않았고, 교재 없이 유인물만 나눠주는 수업 방식도 어려웠다고 했다. 온통 한문으로 점철된 자료를 보다가 휴학하기로 마음먹고 지난 한 학기를 쉰 참이었다.

새 학기가 시작될 무렵, 아이에게 연락했더니 다시 한 학기를 쉴 예정이라고 했다. 학교를 그만둘 생각이냐고 묻자 고등학교를 자퇴했던 경험이 있는 S는 "인생에 자퇴가 두 번일 수는 없다."며 크게 웃었다. 그냥 한 학기를 더 쉬면서 생각을 정리할 예정이라고. 그래서 내가 만나자고 했다.

집 근처로 찾아온 S와 함께 햄버거를 먹으며 길고 긴 이야기를 나눴다. 아이의 이야기를 듣고, 내 이야기를 하고, 하하호호 웃다가 본격적으로 진지한 대화에 돌입했다. S는 공부하는 게 어렵다고 했다. 일반 학교를 나온 아이들보다 앉아 있는 엉덩이 힘도 없는 것 같고, 공부하는 방법도 모르겠고, 무엇을 위해 공부해야 하는지도 모르겠다고 했다.

나는 노트를 꺼내 'S를 위한 심층분석'이라고 쓴 뒤 질문했다. 좋아하는 것이 뭔지 묻고, 역사를 선택한 이유와 역사 공부를 통해 할 수 있는 것들을 나눴다. 노트에는 '박물관큐레이터', '문화해설사', '역사교육기획'이라는 단어가 적혔다. S가 관심 있다고 한 일이었다. 우리는 이런 일을 하려면 일단 공부를 해야 한다는 결론에 이르렀다.

이제 공부를 어떻게 해야 하는가가 관건인데, 한 분야에 대해서 '빡세게' 공부해본 경험이 없는 S는 공부하는 법을 잘 몰랐다. 한국사와 세계사의 흐름을 알고 싶었고 유럽사가 궁금했지만, 대학에서 수업을 듣는 동안 이런 생경한 이야기를 듣는 게 너무 힘들었다고 했다.

이야기를 나누면서 내가 방송대에서 공부할 때 배웠던 과목들이 떠올랐다. '한국사의 이해', '세계의 역사', '유럽 바로 알기' 정도면 큰 흐름은 알 수 있을 것 같았다. S에게 책을 소개하고 주문하라고 했다. 그리고 시간을 정해 함께 줌에서 만나자고 했다. 일주일에 한 번이든 이 주일에 한 번이든 교과서를 한 과씩 읽고 공부한 것들을 나눠보자고. S는 반색했다. 글쓰기 선생님이 역사 공부까지 같이 해준다니 놀랍다고 말이다.

10년 동안 아이들과 글을 쓰면서 늘 같은 생각을 했다. 청소년들에게 도움이 될 수 있는 게 있다면 무엇이든 그들에게 보탬이 되자고. 그래서 모교에서 취업을 앞둔 고3 친구들의 자기소개서를 봐달라는 연락이 왔을 때, 150명이 쓴 자기소개서를 하나하나 읽고 손편지로 답장을 썼다. 또 글쓰기 수업에서 인연을 맺은 제자들이 학교를 졸업하고 대입 준비를 할 때도 자기소개서를 봐주었다. 말이 봐주는 것이지 사실은 2, 3년 동안 함께 글을 쓰며 알아간 아이들의 상황을 글 속에 제대로 녹일 수 있도록 아이디어를 주었을 뿐이다. 또 어딘가에서 청소년의 글이 필요하다고 요청해오면 목요일의 작가들이 작품을 발표할 수 있도록 지면을 연결해주었다. 그게 내가 선생으로서 할 수 있는 일이라고 생각했다. 나는 글쓰기 선생이지만, 글뿐만 아니라 내가 가진 무엇이든 아이들에게 도움이 된다면 기꺼이 내어주고 싶다. 이야기를 들어주고, 함께 공부하고, 손잡고 나란히 길을 걷고, 그러다 길도 함께 잃고 싶다. 그러다 A/S가 필요하면 기꺼이 달려가 해주고, 함께 자라고, 함께 나이테를 만들어 가고 싶다.

나는 우리 각자가 한 그루의 나무라고 생각한다. 땅에 뿌리를 내리고 서 있는 나무. 이 나무가 어떻게 자랄지는 아무도 모른다. 그저 시간만이 그들의 미래를 보여줄 뿐이다. 나는 내가 만난 모든 아이가 개성 있는 한 그루 나무로 자라길 바란다. 그러다 어느 순간 우리가 함께 숲을 이루고 있음을 깨닫게 되기를, 그 숲에 모여든 또 다른 누군가와 이야기를 나누고 삶을 나누게 되기를 바란다. 나는 언제까지나 그 숲에 함께 머물며 그들과 함께 자라는 한 그루의 나무이고 싶다.

부록

나무가

차가운 얼음 아래 언 땅 하나

봉투 속에 담긴 꽃씨 하나

이제 너를 꺼내서 땅에 심을 거야

새싹으로 피어날 널

나 바라는 건 오직 하나

너 땅에 뿌리를 내리는 것

화려하지 않아도 예쁘진 않아도

활짝 피어나면 돼

걱정 마 (I believe)

언제나 (I believe)

햇살 가득 널 비출 테니

바람도 (I believe)

너의 곁을 스치며

새로운 숨을 넣어줄 테니까

계절이 떠나

또 돌아오면

네 모습은 달라지겠지

작은 씨로 와서 큰 나무로 자라

이 세상의 숲이 될 거야 oh

보잘것없어

약해 보여도

넌 든든한 나무 될 거야

시간을 건너와

푸른 네가 되길

언제나 너를 응원할게

- '노래 가사 바꾸기' 시간에 '아로하'의 가사를 바꿔 쓴 글